청호반새

이문일 지음

한동안 잊은 듯하다

문득 떠오르는 이름

환절기 감기를 앓듯

괴롭히는 이름

하현달처럼 스러졌다

다시 부풀어 오르는 이름

잊고 싶어도

죽어도 잊을 수 없는 이름

그리하여 가슴에 화석으로 남을

첫사랑의 그 이름

ー춘천에서, 이문일

원래 순아는 원창고개의 선량한 주민이 아니었다. 서울 시민의 한 사람이었다.

순아는 매우 불쌍한 계집애였다. 아버지는 어릴 적에 돌아가셨고 어머니는 재혼했으니, 내가 보기에 순아는 가정환경이 나쁜 집안의 딸이었다. 그런데 순아는 가정환경이 좋다고 우겨대었다.

바락바락 소리를 지르며 우기다 못해 두 발을 동동 구르며 내 팔죽지와 배를 사정없이 꼬집고 비틀었다. 심지어는 사나운 사냥개처럼 뾰족한 송곳니로 내 허벅지를 물어뜯기까지 했다. 그것도 눈에 쌍심지를 켜고 입에 게거품을 물고 죽을 둥 살 둥 덤볐다.

순아의 발악은 단지 그 정도에서 그치는 게 아니었다. 무슨 일로 기분이 상하면 어금니를 옥물고 온몸을 파르르 떨고 나서 고양이 발톱보다 날카로운 손톱(나를 하비기 위해 일부러 길게 길렀음)으로 내 목덜미를 하비었다.

순아의 날쌘 하빔에 피가 등허리로 흘러내리면 나는 속으로 슬피 울었다. 피가 멈추도록 목을 길게 빼어 앞으로 숙이고 마른 흙을 한 옴큼 집어 상처 난 자국에 솔솔 뿌렸다. 그렇지만 순아 앞에서 눈물을 찔끔찔끔 흘리진 않았다. 순아가 아무리 야코죽이고 하비더라도 나는 패자로서의 참담한 표정을 겉으로 드러내지 않으려고 부단한 노력을 기울였다.

남자는 속으로 소리 없이 우는 걸 모르는 순아는, 그래 놓고도 분이 안 풀리는지 눈을 까뒤집고 덤비기 일쑤였다. 속으로는 어디 두고 보자고 잔뜩 별렀지만 나는 남자답게 고개를 떨구었다. 내 몸에서 먼저 피가 흘렀으니 패배를 인정하지 않을 수 없었다. 계집애가 워낙 약아빠져 가지고는 내 얼굴을 하비면 들통이 날 것 같으니까 눈에 잘 띄지 않는 목덜

8

미를 하비어 놓곤 했다.

비록 세상 물정을 잘 모르는 촌닭이지만 나도 엄연히 남자였다. 순아한테 하루가 멀다고 꼬집히고 하빔을 당한다고 누구에게 말할 수도 없는 일이었다. 아무 말도 못한 채 속으로 낑낑 앓을 수밖에 없었다.

순아가 걸음마를 배우고 곤지곤지와 죄암질을 하면서 한창 재롱부리던 무렵, 순아 아버지는 난폭한 뺑소니차에 치여 그 자리서 즉사하셨다. 그래서 순아는 졸지에 미망인이 된 엄마와 산비둘기[1] 같이 단둘이서 살아왔다.

순아가 원창고개로 내려오기 일 년 전에, 동대문구 어딘가에 있다는 순아네 빌딩에서 레스토랑을 하던 노총각과 눈이 맞은 순아 엄마는 재혼을 하고 말았다. 그러자 제비[2] 같은 의붓아버지뿐만 아니라 제 엄마까지 꼴 보기 싫다며 홧김에 원창고개로 훌쩍 내려온 것이었다.

순아는 열여섯 살이었고, 나는 열일곱 살이었다. 그렇지만 언제나 오빠 대접을 받지 못했다. 오빠라고 부르기는 고사하고 도리어 내가 자기 남동생이라도 되는 듯이 제멋대로 데리고 놀았다. 그러다가 무슨 기분 나쁜 일이 있기만 하면 금방 고양이로 돌변해 나의 몸을 꼬집고 하비고 물어뜯었다.

순아와 같은 학년이지만 내가 한 살이나 더 많다는 사실을 알 만한 사람은 다 알고 있었다. 나는 초등학교 시절에 몸이 아프다는 핑계를 대고 휴학한 적이 있었다. 시오리 안짝의 거리를 매일 걸어서 학교에 다니기가 너무나 고달프고 지긋지긋했기 때문이었다.

일 년 동안 집에서 하는 일도 없이 빈둥대며 학교를 아주 그만두고 서울로 도망가 중국집 배달원 노릇이나 할까 말까 하고 심각하게 고민하면서 지냈다. 그런데 그것이 천추의 한이 될 줄이야 누가 알았겠는가.

1_ 산골 소년은 나뭇가지에 둥지를 지은 산비둘기를 관찰한다. 어미 산비둘기의 몸빛은 회갈색인데, 새끼 산비둘기는 조팝나무 꽃잎을 뒤집어쓴 듯 하얗다. 하얀 빛깔이 너무나 탐스러워 새끼 산비둘기를 집으로 가져오고 싶지만, 그것을 잘 키울 자신이 없다. 만일 새끼 산비둘기를 집으로 가져온다면 어미 산비둘기는 슬피 울면서 산과 골짜기와 능선을 날아다닐 것이다. 비둘기는 성질이 순해 길들이기 쉽다. 날개 힘이 강하고 귀소성이 있어서 원거리 통신에 쓰기도 한다. 예부터 비둘기는 평화를 상징하는 새로 여긴다. 이 세

상이 비둘기처럼 평화롭고 착한 사람으로 가득하기를.

2_강남(江南)에서 날아온다는 제비. 강남은 어디에 있는 것일까? 산
골 소년은 봄의 전령처럼 어김없이 돌아온 제비를 보면서 끝없는
상상의 날개를 편다. 제비가 처마 끝에 집을 짓는 걸 보면서 신비
의 새가 아닐까 하고 감탄한다. 논의 흙을 물고 와 집을 짓는데 시
멘트처럼 벽에 붙어 떨어지지 않는다. 제비가 알을 낳아 새끼를 까
고, 새끼들이 입을 쩍쩍 벌리며 어미가 물어다 주는 곤충을 받아먹
고, 새끼가 자라 날갯짓하다가 가을이면 마을 제비들이 모두 모여
이제는 고향으로 돌아가자고 조잘거린다. 어느 날 제비는 강남으
로 떠나간다. 그 가을날, 바람
에 마른 억새꽃이 서걱서걱 흔
들리는 날, 산골 소년은 제비
를 따라 따뜻한 남쪽 나라로
갔다가 꽃피는 봄이 되면 돌아
온다.

청호반새

2

　언덕을 핥아대며 끊임없이 올라오는 봄바람에 흙비처럼 보얗게 송홧가루가 흩날리던 화창한 봄날의 어느 아침이었다.

　몇 년 전만 해도, 이맘때만 되면 송홧가루[1]를 따기 위해 날다람쥐처럼 소나무를 타면서 신바람을 내었다. 하지만 중학생이 되면서부터 그런 것도 다 시들해졌다. 찹쌀떡에 묻혀 먹을 송홧가루를 따오라고 어머니가 심부름을 시키면 모르되, 자진해서 그 일을 할 생각은 전혀 없었다.

일요일이라서 맘 놓고 늦잠을 자고 일어나 마루에 멍청히 앉아 있었다. 그때 순아가 어깨에 다래끼를 메고 안마당으로 촐랑거리며 들어섰다.

"애, 누나랑 나물 뜯으러 가자."

순아는 나를 보자마자 대뜸 손아랫사람에게 거리낌 없이 대하는 명령조로 말했다. 나를 개똥참외처럼 우습게보고 함부로 말하는 것 같았다. 건방진 순아 때문에 속이 메스꺼워 견딜 수가 없었다.

아침마다 순아 얼굴을 대할 때면 부잣집 대문을 떠올리며 체념의 한숨을 길게 쉬었다. 우리 집에 높다란 대문이 있다면 나만의 시간을 가질 수 있을 것이다. 날마다 순아가 쨀쨀거리는 소리를 듣지 않아도 되니 그 얼마나 좋겠는가. 우리 집엔 대문은커녕 사립문도 없었다.

나는 순아의 말을 못 들은 체했다. 손가락에 침을 듬뿍 묻혀 마당을 헤매는 개미2를 찍어 올려 고개를 갸웃거리며 관찰했다. 정나미가 떨어지도록 손가락으로 콧구멍을 후비며 실실 웃어 보았다. 산울타리인 자작나무와 박달나무를 보면서 입맛을 쩝쩝 다시기도 했다.

순아는 나의 마음을 정확히 읽고 있었다. 마루에 다래끼를 내려놓고 마당가에 앉아 꾸벅꾸벅 졸고 있는 누렁이에게로 다가갔다. 내가 그렇게 약 올려 주었는데 순아의 얼굴에는 웃음기가 가득했다.

밤만 되면 어디를 그렇게 쏘다니는지 누렁이는 낮에 정신없이 잠을 자는 것이 일이었다. 창피하게도 우리 집 누렁이가 아랫마을 순덕이네 암캐의 꽁무니를 졸졸 따라다닌다는 소문이 파다하게 돌았다. 밤에 그 광경을 본 아랫마을 친구들이 서너 명이나 있었다. 나를 우습게 여기는 순덕이네 암캐를 졸졸 따라다닌다니 보통 망신이 아니었다. 그런 걸 알게 되었으니 나로서는 가만있을 수 없는 일이었다. 개 값이 가장 올라갈 중복이나 말복에 누렁이를 개장수에게 팔아버릴 생각이었다.

"누렁아! 응딕이가 좋니, 누나가 좋니?"

순아는 나를 우습게보고 있었다. 내 이름은 영덕인데, 말끝마다 응딕이라고 코맹맹이 소리를 내었다.

"응딕이는 공부도 못하는 주제에 산적처럼 무뚝뚝하고 되게 못됐지? 응, 너도 항상 그렇게 생각하고 있다고. 응딕이는 글쎄 아무것도 모르는 바보 멍청이란다. 이 누나는 응딕이보다 누렁이가 더 좋단다."

순아가 누렁이 등에 올라타더니 혓바닥을 날름거리며 허무맹랑한 소리를 마치 사실인 것처럼 지껄였다.

순아는 누렁이 등에 올라타기를 매우 좋아했다. 그래서 누렁이 몸에 기생하는 벼룩3을 그냥 내버려두었다. 그런 것도 모르고 순아는 누렁이를 보면 좋아 날뛰었다.

"우리 누렁이가 제일 예쁘구나! 웅딕이한테 겁 좀 주렴."

순아가 똥이라면 사족을 못 쓰는 누렁이 주둥이에 입까지 맞추며 칭찬해 주었다. 그리고 그런 명령을 내렸다.

그러자 누렁이가 누런 이빨을 드러내고 제법 사납게 나를 노려보았다. 그것도 모자라 당장 잡아먹을 듯이 으르렁대는 게 아닌가. 이거 정말 미치고 환장할 노릇이었다. 순아가 나를 완전히 망가뜨려 놓았다. 누렁이에게 주인 행세를 못하도록 만들어 놓은 순아가 너무 얄밉게 보였다.

순아가 없을 때면 누렁이는 기가 팍 죽어 꼬리를 내리고 흘금흘금 내 눈치를 보기 바빴다. 그러다가 순아만 나타나면 기가 살아 꼬리를 하늘로 세우고 저 지랄이었다. 화가 났지만 꾹꾹 참을 수밖에 없었다. 순아 앞에서 누렁이에게 허벅지를 물려 개망신을 당할 필요가 없으니까 말이다.

"웅딕이가 눈 똥은 병균이 많으니까 먹지 마. 그 대신 엉덩이를 캬 물어버려."

"컹! 컹!"

누렁이가 나를 보면서 당장 잡아먹을 듯이 짖었다.

순아는 부잣집 딸답게 망원경을 가지고 있었다. 잠실 처마 아래에 의자를 내놓고 시건방지게 다리를 꼬고 앉아 우리집 마당에서 어슬렁대는 나를 자세히 관찰하는 것까지는 그런대로 참을 만했다. 내가 매력이 넘쳐흐르는 남자라서 그렇게 관찰한다는 것이었다. 망원경으로 나를 관찰하지 못하면 온몸이 근질거려 뜬눈으로 밤을 새운다니 차마 매정스레 딱딱댈 수 없었다.

나는 화장실에 구더기가 우글거리거나 좀 지저분하면 뽕밭이나 산에서 볼일을 보는 버릇이 있었다. 나는 비위가 좀 약한 편이었다. 그런데 계집애가 망원경으로 그런 것까지 자세히 관찰할 줄을 누가 상상이나 했겠는가.

"응딕이는 산이나 뽕밭에서 볼일을 보는 원시인이란다. 그런 주제에 이 누나가 좋다고 애걸복걸하며 쫓아다닌다. 응딕이는 지저분해서 싫고, 우리 누렁이가 제일 좋구나."

내가 콧방귀만 뀌고 앉아 있자 순아는 약이 바짝바짝 오른 모양이었다. 입에 침도 바르지 않은 채 새빨간 거짓말을

17

늘어놓았다.

나는 순아를 따라다닌 적이 한 번도 없었다. 날만 새면 내 뒤를 그림자처럼 졸졸 따라다니며 애걸복걸하는 한심한 인간은 바로 누렁이와 단짝으로 지내는 순아였다.

아버지와 어머니는 밭으로 일을 하러 나가셨는지 보이지 않았다. 집은 적적하리만큼 텅 비어 있었다. 외양간 암소와 누렁이가 집을 지키고 있을 뿐이었다. 순아만 아니라면 더없이 상쾌한 아침이었다.

아침에 잠자리에서 일어나 마당으로 나오면 산새들의 노랫소리가 들려와 마치 천국에 와 있는 듯한 기분이었다. 손을 들어 꼭 움켜쥐면 푸른 물방울이 뚝뚝 떨어질 것 같은 쪽빛 하늘은 머리 위에 가까이 내려와 있었다. 바깥마당으로 나오면 용화산과 화악산이 어렴풋이 보였다. 소양강 물줄기와 춘천 전경이 한눈에 내려다보였다. 미사일 기지 때문에 머리 부분에 우스꽝스런 상처가 있긴 하지만, 대룡산은 의젓한 모습으로 금병산을 내려다보았다.

재작년부터 나는 산골 아침의 고요함과 상쾌함을 만끽할 수 없게 되었다. 개개비보다 시끄럽고 요란한 순아 때문이었다.

서울에서 살다가 홧김에 원창고개로 내려왔으니 적막한 산골 생활에 적응이 잘 안 되는 것은 당연했다. 하나같이 짜증나고 울화통이 터지는 것뿐이리라. 수다를 떨 마땅한 여자 친구조차 한 명 없는 산골로 내려온 자신의 경솔한 행동을 뉘우치며 남몰래 눈물을 찔끔찔끔 흘렸을 것이다.

자연을 벗 삼아 온종일 놀아도 따분함을 느낄 수 없는 비결을 모르는 순아는 날만 새면 내 주위에서 맴돌았다. 그것도 그냥 맴도는 게 아니었다. 순진하기 짝이 없는 나를 골탕 먹이고 못살게 굴면서 파리처럼 맴돌았다. 순아는 정말 지긋지긋한 찰거머리며 골칫거리였다.

결코 많지 않은 나이임에도 불구하고 나는 그런 순아 때문에 살맛을 잃고 말았다. 어떻게 해야 순아와 떨어져 지낼 수 있을까? 며칠 동안 머리가 아프도록 궁리궁리 끝에 하루는 논에서 거머리를 잡아왔다. 순아가 우리 집에 올 무렵에 거머리를 장딴지에 떡 붙이고 있다가 "이게 바로 찰거머리다. 순아 친구다. 너하곤 하는 짓이 똑같으니 친구처럼 가까이 지내거라." 하고 짐짓 가냘픈 목소리로 말했다.

이게 웬 떡이냐는 듯이 장딴지에 달라붙어 피를 쪽쪽 빨아먹는 거머리를 떼어놓자 붉은 피가 아래로 줄줄 흘러내렸다.

"어머, 징그러워!"

순아가 손으로 입을 막고 겁먹은 표정으로 내 장딴지와 거머리를 보았다. 얼마 후에 한껏 풀죽은 목소리로 "응덕아, 아니 영덕아, 그간 본의 아니게 못살게 괴롭혀서 정말 미안 해!" 하면서 하야말간 손을 내밀었다.

나는 진심으로 화해의 악수를 했다. 악수를 마친 순아는 당장 울음을 터뜨릴 듯한 얼굴을 하고 윗집으로 횡허케 올라 갔다. 나는 쾌재를 불렀다. 휘파람⁴이라도 불고 싶은 통쾌한 심정이었다. 그런데 웬걸, 삼십 분도 채 지나지 않았는데 순 아가 다시 내 곁으로 와서 그전보다 한결 심하게 들볶는 것 이었다.

원창고개는 정부에서 화전정리사업을 할 때에 가장 먼저 들어가고도 남을 만한 곳이었다. 원창고개와 대룡산 쪽의 매 내미는 춘천 근방에서 가장 높은 곳에 있는 마을이었다. 매 내미는 신작로에서 잘 보이지 않아 화전민 철거에서 제외되 었다.

원래 산이었던 이곳에 밭이 있었을 리가 없었다. 산에 불 을 놓아 만든 화전밭이었다. 이곳에 양잠업 시범단지를 조성

하겠다며 정부에서 뽕나무를 심는 바람에 화전정리사업에서 가까스로 제외될 수 있었다.

　원창고개는 산골답게 집이라곤 단지 세 채뿐이었다. 그것도 드문드문 떨어져 있어서 컴컴한 밤에는 물론 훤한 대낮에도 괴괴한 느낌이 들 정도였다. 아랫집에는 금병산 박수로 춘천에까지 명성이 자자한 아저씨가 살고 있었다. 오랫동안 혼자 외롭게 살다가 굿하러 온 여자와 눈이 맞아 새살림을 차렸다. 내가 초등학교에 입학하던 해에 아줌마는 독사에 물려 돌아가셨는데, 물에 빠져 죽은 사람처럼 팅팅 불어나고 검붉은 아줌마의 발은 많은 세월이 흐른 지금도 눈에 선했다.

　아저씨 딸인 현자는 아랫마을 연순이와 함께 서울로 밤에 몰래 달아났는데, 몇 년이 지난 지금껏 소식이 전혀 없었다. 아저씨가 모시는 신에 의하면, 두 누나는 서쪽 방향의 어느 곳에서 값싼 웃음을 파는 술집 여자가 되어 있다고 했다. 오말술이라는 아저씨 이름에 걸맞게 말술을 마셔대며 현자가 어서 돌아오기를 기다렸다. 아저씨는 술에 몹시 취하면 현자가 보고 싶어서 애들처럼 훌쩍거렸다.

　원창고개는 육이오 동란 때에 소양강 방어선이 무너져 아군들이 후퇴하다가 매우 치열한 전투가 벌어졌던 곳이었다. 그 때문에 내게 한 명밖에 없었던 형과 현자의 남동생은 먼 나라로 가버렸다. 화약을 줍다 발견한 폭탄을 돌멩이로 뚝딱거리며 놀다가 폭탄이 터지는 바람에 그 자리에서 죽고 말았다. 나는 어린 나이에 죽을 팔자가 아니었던 모양이었다. 아침에 싸리버섯 찌개를 너무 먹은 탓에 배탈이 났다. 폭탄이 터지기 직전 산으로 급히 달려가 볼일을 보는 바람에 지금껏 멀쩡하게 살아오고 있는 것이었다.

현자가 밤에 몰래 달아난 후부터 나는 언제나 혼자였다. 산과 들이 내 유일한 친구인 셈이었다. 서울내기 순아가 이런 산골로 내려왔으니 모든 게 하나같이 따분하다는 것은 충분히 이해할 수 있었다. 그렇지만 피에 굶주린 들개처럼 온종일 내 주위를 뱅뱅 돌면서 목덜미를 하비고 골탕 먹일 줄은 상상조차 못했던 일이었다.

"너 귀먹었니?"

아침부터 순아가 시끄럽게 으르렁대는 바람에 기분이 상했다. 나는 무슨 원수 대하듯이 순아를 노려보았다.

"내가 좀스럽게 나물이나 뜯으러 다니는 사람이냐?"

"어제 엄마가 오늘 나물 뜯으라고 한 걸 벌써 잊어먹었어?"

"난 그런 거 전혀 할 줄 모르는 놈이야."

내가 새빨간 거짓말을 능청맞게 하고 있음을 순아는 알고 있었다. 내가 나물 뜯는 데는 이골이 난 도사임을 자기 외할머니뿐만 아니라 어머니에게도 귀에 못이 박히도록 들어 잘 알고 있었다.

만일 내가 전능한 신이라면 순아를 비밀 침해죄로 지구에서 강제 추방했을 것이다. 어머니는 비밀 누설죄로 아버지와 한 달 동안 각방거처를 하라는 판결을 내렸을 것이다.

남의 중요한 비밀을 함부로 털어놓은 어머니가 내 눈에는 한심하기 그지없는 여자로밖에 보이지 않았다. 아들 자랑할 게 없으면 입을 꾹 다물고 가만히 있어야 옳았다. 딸도 아닌 아들이 나물을 잘 뜯는 게 무슨 대단한 자랑이 된단 말인가. 집이 산골에 있으니까 꼴을 잘 벤다거나 지게를 잘 진다거나 또는 김을 잘 맨다고 했으면 그런대로 자랑이 되었다. 아마 어머니는 불여우 같은 순아의 알랑방귀에 홀딱 반해 늙은 누에[5]가 실을 토해내듯이 내 모든 약점을 낱낱이 털어놓았을 것임에 틀림없었다.

"웅딕 씨! 우리 산으로 데이트하러 갑시다."

"으휴, 내 팔짜야."

"눈치라곤 요만큼도 없으니 학교에서 여자 친구 하나 못 사귀지. 빨리 산에 갈 준비나 해, 바보야."

나는 산으로 나물을 뜯으러 갈 수가 없었다. 이제 얼마 남지 않은 마지막 자존심마저 송두리째 내팽개치고 싶지 않았다. 순아는 나보다 잘난 점이 많은 학생이라서 매사에 조심하지 않으면 큰코다치기 일쑤였다.

순아는 시골 중학교에서 매번 일등을 했다. 어떤 시험을 보든지 일등은 아예 정해져 있었다. 그런 순아와 달리 나는 언제나 꼴찌를 했다. 순아가 매번 일등을 하는 것처럼 나는 꼴찌를 하는 게 그 무엇보다 쉬웠다. 다른 친구에게 꼴찌 자리를 내주기가 너무 아깝고 서운해서 그 자리를 줄곧 지켰다.

나는 꼴찌를 그 누구보다 사랑하는 남자였다. 아지랑이가 아른아른 피어오르는 화창한 봄날에, 잔디가 곱게 깔린 산소에 누워 새들의 노랫소리를 자장가 삼아 혼곤한 잠에 빠질 때처럼 꼴찌라는 자리는 한없이 편했다. 선생님이 나를 싹수가 노란 놈으로 제쳐놓으니까 여간 좋은 게 아니었다. 일 년 내내 그 지겨운 숙제를 하지 않아도 괜찮았다. 가장 만만한

과목조차 빵점을 맞아도 누가 뭐라고 그러는 사람이 없었다. 저놈은 원래 타고난 돌대가리거니 하고 벌도 주지 않으므로 학교생활을 하는 동안 꼴찌만큼 좋은 것이 없었다.

초등학교 시절에 나는 항상 일등을 했다. 일등은 이등보다 불편하고 힘든 자리였다. 다른 학생에게 일등을 빼앗길까 걱정되어 남보다 열심히 노력하지 않으면 안 되었다. 일등을 하는 학생은 산의 정상에 올라간 것처럼 외로움을 느꼈다. 그래서 중학생이 되어 나는 일부러 산의 정상에서 하산해 보았는데 마음이 너무 편했다. 꼴찌는 산의 정상을 향해 오를 수 있는 희망이 있어 참으로 좋은 자리였다.

1학년 때부터 꼴찌만 하는 내 실력은 오직 나만이 알고 있을 뿐이었다. 진짜 머리가 나쁜 학생은 아무리 기를 쓰고 노력해도 빵점을 맞지 못하는 법이었다. 아무렇게나 연필을 굴려 찍은 것들 중에서 몇 개라도 맞게 마련이었다. 똑같은 번호로 답을 써도 빵점을 맞을 수 없었다.

같은 반 친구 중에 한글을 읽지 못하는 돌대가리가 두 명이나 있었다. 그 녀석들은 나 때문에 지긋지긋한 꼴찌를 면하게 되었다며 그렇게 좋아할 수 없었다. 그 녀석들이 가장 미워하는 인간은 세종대왕이었고, 가장 존경하는 사람은 바로 나였다.

아랫마을 순덕이는 매번 꼴찌만 하는 나를 발샅의 때만큼도 안 여겼다. 초등학교 시절에 나는 언제나 일등을 했다. 순덕이는 그런 나를 매우 좋아하고 존경까지 하던 계집애였다. 그런데 내가 중학생이 되어 꼴찌를 하자 마음이 싹 변하고 말았다.

나는 언제든지 일등 자리를 차지할 수 있는 실력을 갖고 있었다. 3학년 2학기부터 원래의 자리로 돌아갈 생각이었다. 내게 일등을 빼앗긴 순아가 억울해서 엉엉 우는 것을 보고 싶었다.

남들이 보기에 나는 지지리도 공부를 못하는 남학생이었다. 게다가 암만 뚫어지게 거울을 봐도 결코 잘생긴 얼굴이 아니었다. 감자나 호박의 생김새처럼 특별히 모난 부위는 없지만, 어디 한 군데 내세울 만한 데가 없는 얼굴이었다. 어릴 적부터 돌복숭아6나 뚱딴지7 따위를 게걸스레 먹어서 촌스럽게 생겼는지 모를 일이었다.

그런 나와 달리 순아는 공부를 잘할 뿐만 아니라 얼굴도 예쁘고 몸매 또한 기가 막혔다. 어디 한 군데 흠잡을 데가 없는 계집애였다. 여자가 얼굴이 예쁘면 얼굴값을 하느라고 대개 콧대가 높게 마련이었다. 순아가 학교 회장까지 맡게 되어 더욱 같잖게 으스대는 바람에 살맛이 나지 않을 정도였다.

회장보다는 못하지만 나도 한자리를 맡게 되었다. 원래 공부를 못하는 학생은 그 누구도 경쟁 상대로 여기지 않았다. 그 덕에 나는 친구들에게 인심을 잃지 않았다. 만장일치로 청소부장에 뽑혔다. 그런데 담임선생이 벌컥 화를 내는 게 아닌가.

"새대가리가 감히 청소부장을 하려고 하다니."

내가 청소부장을 원한 것이 아니었다. 친구들이 나를 불쌍히 여겨 뽑아 준 것이었다. 나뿐만 아니라 친구들도 담임선생이 왜 그러는지 까닭을 몰라 어리둥절한 표정을 지었다.

"청소부장은 공부를 잘하는 순덕이가 하는 게 낫겠어."

그 말에 친구들이 일제히 웃음을 터뜨렸다. 내 짝인 순아는 입을 쩍 벌리고 방정맞게 깔깔대었다. 나중에는 눈에 눈물을 글썽이며 "뻑! 뻐꾹!" 하고 뻐꾸기[8] 울음소리를 내었다. 순아가 나 때문에 너무 웃어 딸꾹질을 한다며 냉수를 한 컵 떠오라는 명령을 내렸다. 나는 순아의 명령을 무시하고 죽은 듯이 앉아 있었다.

그러자 담임선생은 아무 잘못이 없는 나를 꾸짖었다. 친구가 아픈 걸 옆에서 보고도 가만히 앉아 있는 건 몰인정하기 때문이라기보다는 머리가 나빠서 그렇다는 것이었다. 그러므로 나는 청소부장을 맡을 자격이 전혀 없다고 했다. 보통 망신이 아니었다. 굴뚝새처럼 어디에 숨고 싶은 심정이었다. 그러나 나는 굴뚝새가 아니므로 어디에 숨을 곳이 없었다.

암만 참으려고 해도 울화통이 터져 도저히 참을 수 없었다. 공부를 잘하든 못하든 그게 청소부장 자리와 무슨 상관이 있단 말인가. 그리고 말끝마다 돌대가리 또는 새대가리 하는데, 그것도 몹시 듣기에 역겨웠다. 선생님이 공개적인 자리에서 그런 말을 함부로 한다는 것은 인격적인 문제가 있다고 생각되었다.

나는 주먹으로 책상을 탕탕 쳐서 친구들의 주목을 끈 다음 담임선생을 노려보았다. 너무 흥분하는 바람에 이때는 거의 제정신이 아니었다. 만일 진짜 실력이 없는데 이런 모욕을 당했다면, 누가 보든 말든 책상이 흥건히 젖도록 눈물을 펑펑 쏟고야 말았으리라.

"이 자식이 왜 이래?"

담임선생이 화난 표정을 하고 물었다.

"친구들이 뽑았으면 그대로 하는 게 민주주의 아닙니까?"

"새대가리한테 민주주의는 필요 없다!"

친구들이 웃음을 터뜨렸다.

"그럼 다른 친구들도 많은데, 왜 순덕이한테 주는 겁니까?"

"그건 선생님 맘이다."

이상하게도 담임선생은 예쁘게 생긴 여학생에게 선심을 베풀었다. 게다가 좋지 않은 소문이 돌았다. 대부분의 남학생은 그런 담임선생을 바람둥이라 흉보며 좋지 않게 보았다.

"에이, 열 받아. 세금이 아깝다 아까워!"

"지금 뭐라고 그랬어?"

나는 홧김에 그런 말을 내뱉은 대가로 가혹한 벌을 받았다. 어금니가 좌우로 흔들리도록 된통 얻어맞고도 모자라 일주일 정학을 먹고 말았다. 그리고 학교 화장실 똥을 다 치워야 했다. 청소부장 자리도 맡지 못한 주제에 가장 지저분한 청소를 도맡고 말았다.

다른 새끼들은 시원한 교실에 앉아 꾸벅꾸벅 졸거나 장난치며 공부를 했다. 그런데 나는 무거운 똥통을 지고 길 잃은

벌레처럼 넓은 운동장을 가로질러 산자락까지 오가는 작업을 아침부터 해거름까지 일주일 동안이나 하지 않으면 안 되었다. 그 똥통은 불량 학생에게 벌을 주기 위해 일부러 만들어 놓은 것이었다.

그때의 외로움이란 겪어 보지 않은 사람은 잘 알지 못할 만큼 실로 대단했다. 친구들은 나를 보기만 하면 똥장수라고 놀려대며 깔깔대었다. 심심해서 점심시간에 친구들 가까이 다가가면 똥 냄새가 난다고 코를 막으며 달아났다.

나는 순아에게 이 사실을 어머니에게 일러바치지 말라고 신신부탁하며 일 년 동안 힘들게 모은 돼지저금통의 배를 쩍 갈랐다. 순아가 먹고 싶어 하거나 갖고 싶어 하는 것은 군말 없이 다 사주지 않을 수 없었다. 손해가 이만저만이 아니었다.

이토록 나는 순아에게 꿀리는 것이 한두 가지가 아니므로 항상 조심하는 게 상책이었다. 나물을 뜯으러 가자는 순아의 요구에 무턱대고 응했다가는 나는 완전히 순아의 밥이 되고 말 것이었다. 순아의 유혹을 뿌리치고 목숨을 걸고 지켜야 할 것은 얼마 남지 않은 마지막 자존심이었다.

내가 시치미를 떼자 순아는 어이가 없는 모양이었다. 그리 잘생기지 않은 나의 얼굴을 뚫어지게 보았다.

"세상에! 기가 막혀서 말도 잘 안 나온다."

"아침부터 웬 까마귀[9]가 시끄럽게 울지. 배도 고픈데 까마귀나 잡아먹을까?"

"조만간 이 누나한테 잡아먹히지나 말아라!"

드디어 순아가 화를 내기 시작했다. 요럴 때 목덜미를 조심하지 않으면 순식간에 당했다. 나는 목을 바짝 움츠려 자라목을 하고 다시 순아를 약올렸다.

"까마귀를 잡아 아침을 먹어야겠구나."

"엉뚱한 소리 그만하고 누나랑 나물 뜯으러 가자. 할머니가 그러시는데 웅딕이와 같이 가면 나물 많이 뜯을 수 있다고 하시더라. 참나물[10] 많이 나는 데 너 혼자만 알고 있다며? 얘가 생긴 것보다 웅큼하단 말이야."

"으흠, 사내대장부가 좀스럽게 무슨 나물을 뜯으러 다닌다고 그럴까? 나는 집 주위에서 비름을 뜯은 적은 있지만 산에 가서 나물을 뜯은 적은 없어."

"입술에 침이나 바르고 거짓말을 해라. 웅딕이 혼자 산에 가서 나물 뜯어 오는 거 모르는 사람이 있을까?"

"여자나 다래끼 메고 나물 뜯으러 가지, 거시기 찬 사내가 어떻게…….”

“그거 떼고 가면 되잖아!”

순아가 눈에 눈물이 글썽하도록 깔깔대었다.

가끔 순아는 실성한 여자처럼 깔깔대는 버릇이 있었다. 내가 산이나 뽕밭에서 볼일을 보는 것을 망원경으로 자세히 관찰한 다음부터 생긴 못된 버릇이었다. 목젖이 보이도록 입을 쩍 벌리고 깔깔대다가 나중에는 내 어깨를 마구 때리며 오두방정을 떨었다.

순아가 그런 식으로 계속 나오면 나도 할말이 있었다. 원창고개는 고지대라서 물길이 잘 잡히지 않았다. 아무리 깊게 땅을 파도 흙물조차 나오지 않았다. 나중에 상수도를 설치했지만, 그때만 해도 불편한 생활을 했다. 어쩔 수 없이 골짜기로 흘러내리다가 웅덩이에 고인 물을 물지게로 길어 마셨다. 푸나무 뿌리를 스치며 흘러내리는 맑디맑은 물이라 물맛이 상당히 좋았다. 끓이지 않고 그냥 마셔도 아무런 탈이 나지 않았다.

아버지는 도라지, 채소, 담배 따위의 밭농사로 몹시 바빴다. 그런 아버지 대신 나는 순아네 뒤란 근처 웅덩이에서 물을 길어 나르지 않으면 안 되었다. 그때마다 순아가 목욕하는 걸 봄부터 가을까지 매일 볼 수가 있었다. 물지게를 지고 골짜기로 갈 때마다 순아가 어김없이 거기에 있었다. 할머니네 집에는 상수도가 설치되어 있었다. 그런데 순아는 집에서 목욕을 하지 않는 이상한 버릇을 가지고 있었다.

순아는 뭐가 그리도 즐거운지 쓰름매미처럼 흥겹게 노래를 부르며 목욕을 했다. 처음 그 광경을 보았을 때는 심장이 멎을 만큼 너무 놀라 그 자리에 물지게를 팽개치고 발바닥에 땀이 나도록 집으로 달려오고 말았다. 무슨 큰 잘못이라도 저지른 듯이 두근거리는 가슴을 진정시키지 못해 얼굴을 붉히며 쩔쩔매었다.

얼마 후에 순아가 빈 물통을 하나 달랑 들고 우리집 마당으로 들어섰다. 나를 보자마자 대뜸 "얘, 물 뜨러 와서 물지겔 팽개치면 밥은 뭘로 해먹니?" 하고 말했다.

내가 온 것도 모르고 부엌에서 뭘 하던 어머니가 순아의 말을 듣더니 "저 녀석이 늙은 당나귀가 다 돼서 말을 안 듣는다니까. 설거지할 물도 없는데, 어서 가서 물을 길어 오지 않고 뭘 하고 있어." 하고 나를 꾸짖었다.

"돈을 좀 들이면 상수도를 설치할 수 있잖아요. 왜 구석기 시대처럼 물지게로 물을 날라 먹죠?"

"내년 봄에 상수도를 설치하기로 했어. 그러니 힘들더라도 올해까지만 참아."

"으유, 지겨워."

"이 녀석이 점점 꾀를 피우네."

순아가 손바닥으로 입을 가리고 그 속에서 키득키득 웃었다. 그러다가 바깥마당으로 뛰어나가 마른하늘을 보면서 실성한 여자처럼 깔깔대었다.

순아는 자나방 애벌레처럼, 호랑나비 애벌레처럼 위장술에 뛰어났다. 어른들 앞에서 수줍음을 몹시 타는 소녀처럼 능청맞게 얌전을 빼는 데는 타의 추종을 불허하는 선수였다. 그러다가 나와 단둘이 있기만 하면 날카로운 송곳니를 드러내고 당장 잡아먹을 듯이 으르렁대었다. 암만 연구를 해봐도 도무지 종잡을 수 없는 계집애였다.

그런 일을 네댓 번 겪고 나자 나는 어느 정도 남자다워질 수 있었다. 순아가 노래를 부르며 목욕하고 있으면 잽싸게 뒤돌아서서 "빨리 옷 입어." 하고 모깃소리만하게 말할 정도가 되었다.

내가 물지게를 지고 나타나면 비명을 지르며 부랴부랴 옷을 입어야 여자다운 행동이었다. 그러기는커녕 오히려 내게로 성큼성큼 다가와 "웅딕아, 우리 같이 목욕하자. 누나가 등 밀어줄게." 하고 말할 때도 있었다. 그러면 나는 산속에서 사람을 만난 노루11처럼 놀라 허둥지둥 달아나지 않을 수 없었다.

내가 순아네 마루에 앉아 목이 빠지게 기다리는 걸 뻔히 알면서도 일부러 늑장을 부리며 목욕을 했다. 못된 계집애였다. 내가 일주일에 한 번이나 할까 말까 한 목욕을 순아는 하루도 거르지 않고 했다. 다행히 산골이기에 망정이지 제 엄마 곁이었으면 그 물세만 해도 상당했을 것이다.

순아가 그런 식으로 나오면 나도 할말이 있었다. 그럼에도 불구하고 나는 바보처럼 잠자코 앉아 있을 뿐이었다. 마치 약올리듯이 생글거리는 순아를 마주보고 있기가 싫어 마당으로 고개를 확 돌렸다.

"웅딕아, 어서 산에 가자. 나 혼자 무서워서 산에 못 가거든. 누나가 도깨비12한테 잡혀가면 산골에서 웅딕이 혼자 심심해서 어디 살겠니?"

만약 순아가 도깨비한테 잡혀간다면 춤을 추면서 가장 좋아할 사람은 바로 나였다.

"난 아직 아침도 안 잡셨고 뒷간도 다녀오지 않았어. 너

35

먼저 가란 말이야."

"그럼 볼일을 다 볼 때까지 기다릴 수밖에."

순아가 무슨 상상을 하는지 하늘을 보면서 히죽히죽 웃었다. 나는 더 이상 순아 곁에 앉아 있을 수 없었다. 화장실이 있는 뒤란으로 도망가다시피 뛰어갔다.

나 자신이 너무 한심하다는 생각이 들었다. 내가 워낙 순진하고 착해서 밤낮 순아한테 쪼이는 것이겠지만 꼴찌를 하는 바람에 이러는 것 같기도 했다. 2학기부터 일등 자리에 앉아 남자로서의 권위를 되찾을 생각이었다.

"시원하니?"

"뭐가?"

"얼굴을 보니 꽤 시원한가 보네."

"넌 뒷간도 안 가냐?"

"애, 촌스럽게 뒷간이 뭐니? 뒷간은 나이 많은 시골 분들이 쓰는 말이야. 산골에 사는 웅덕이는 변소라고 해야 맞는 거야. 물론 수세식을 사용하는 이 누나는 그걸 화장실이라고 하지."

순아가 원창고개로 내려와 가장 먼저 한 일은 화장실을 수세식으로 바꾼 것이었다. 화장실이 무서워 변비가 걸리는 바람에 순아 엄마가 수세식 화장실을 급히 만들어 주었다. 순아네 집에 가면 화장실이 두 개나 있었다. 할머니는 수세식 화장실에 앉아 있으면 변비에 걸린 사람처럼 볼일을 보지 못해 전에 사용하던 화장실을 그대로 사용했다. 깨끗한 체하는 순아 혼자 수세식 화장실을 사용했다.

"어차피 사람은 수세식을 사용하든 재래식을 사용하든 다 똑같은 거야. 너무 깨끗한 체하지 말라구."

"이 누나는 화장실 안 간다. 누나가 화장실 가는 거 봤어?"

"……."

나는 선뜻 대답할 말이 궁했다. 순아가 앉아서 오줌을 누는지 남자처럼 서서 오줌을 누는지 한 번도 본 적이 없었다. 아니, 딱 한 번 보긴 본 적이 있는데 정확하게 보질 못해서 자신 있게 말할 수 없었다.

순아가 원창고개로 내려온 지 며칠 지나지 않아 밤에 우리 집에 놀러온 적이 있었다. 오줌을 누러 밖으로 나간 순아가 한참이 지나도록 오지 않아 내가 밖으로 나가 보았다. 바깥마당에 가보니 순아가 쓰러져 있었다. 혼자 바깥마당으로 나간 순아가 나뭇등걸에서 번쩍거리는 도깨비불[13]을 보고 너무나 놀라 오줌을 누다가 까무러치고 만 것이었다.

순아를 일으켜 세우고 바지를 치킬 때 나는 그만 당황하여 순아의 엉덩이를 더듬고 말았다. 그때 허여멀건 순아 엉덩이를 지척에서 보긴 보았지만 오줌을 누는 것을 본 것은 아니었다. 그러므로 나는 순아가 화장실에서 오줌을 누는 것을 보았다고 자신 있게 말할 수 없었다.

나는 얼굴을 찡그리며 부엌으로 들어갔다. 가마솥 옆의 밥솥 뚜껑을 열자 더운 김이 확 끼쳐 올랐다. 어머니는 전기를 아낀다며 솥에다 불을 때어 밥을 지었다. 구석기시대 여자 같은 어머니 때문에 나만 피곤했다. 나는 아버지 대신 지게를 지고 산에 가서 땔나무를 해야 했다.

밥그릇에 밥을 수북이 담고 시래깃국을 떠서 부뚜막 위에 올려놓았다. 어머니가 차려놓은 반찬이 밥상 위에 있었지만 먹고 싶은 마음이 없었다. 순아 때문에 밥맛이 싹 달아나 마치 개죽을 앞에 놓고 앉아 있는 것 같았다.

"손도 씻지 않고 밥을 먹니?"

순아가 부엌문 입구로 쪼르르 쫓아와 듣기 싫은 잔소리를 늘어놓았다.

"내가 손을 씻든 말든 무슨 참견이야?"

"옹딕이 엄마가 누나보고 뭐라고 부탁했는지 알아?"

"……."

"영덕이가 산골에서 자란 숙맥 중에 숙맥이니 순아가 이 것저것 가르쳐 주면서 지내렴. 애가 허우대만 멀쑥했지 얼떠서 아무것도 모른단다. 초등학교 때는 일등을 줄곧 했는데, 중학생이 되면서부터 애가 이상해졌어. 시험만 보면 꼴찌를 하니 아무래도 머리가 단단히 잘못된 모양이야. 그 실력으로 고등학교 진학도 힘들 것 같고, 어디 공장이라도 보내야 하는데 걱정이 이만저만이 아니구나.

언젠가 한 번 까마귀 고길 먹였어. 그래서 꼴찌를 하는지 모르지. 그게 약이라고 해서 먹였는데, 약이 되기는커녕 독이 되었지 뭐야. 까마귀 고기를 강제로 먹여 애를 멍청하게 만들었으니 누굴 탓할 수도 없는 일이고…… 메롱!"

순아가 어머니 흉내를 그럴싸하게 내었다.

"화나면 어떻게 되는지 잘 알지?"

"화나면 씩씩대며 울상 짓는 거 잘 알고 있어."

"너 그러다가 돼지게 맞는다!"

"우리 삼촌이 검사인 거 알고 있지?"

"우리 사촌형이 뭔지 알아?"

"그걸 내가 어떻게 알아."

"밥풀때기 두 개 순경이다, 왜?"

"호호호."

나는 부걱부걱 끓어오르는 화를 가라앉히기 위해 솥에서 밥을 한 그릇 더 떴다. 그걸 시래깃국[14]에 말아 씹지도 않고 꾸역꾸역 삼켰다. 화를 가라앉히기 위해 먹는 소나기밥이라 소화가 잘될 리가 없었다.

"밥 먹는 걸 보니 꼭 미련한 황소 같구나!"

나는 밥그릇을 설거지통에 팽개쳤는데, 더러운 물이 얼굴에 튀었다. 더럽게 재수가 없는 날이었다. 얼굴에 묻은 물을 손등으로 쓱쓱 닦고 고개를 들었다. 순아가 문지방에 떡하니 서서 앞을 가로막았다. 나는 어이가 없어서 순아의 아랫배를 말똥말똥 보았다. 암만 연구하고 이해하려고 노력해도 알다가도 모를 인간이었다.

"다리 사이로 빠져나가고 싶지 않으면 나물 뜯으러 가겠다고 어서 말해. 청개구리처럼 말을 안 들어 좋을 건 없어."

"밖으로 나가게 옆으로 비켜."

"나물 뜯으러 가겠다는 말을 하면 비켜줄게."

똥이 무서워 피하는 게 아니라 더러워서 피한다는 것을

순아 때문에 저절로 깨달았다. 순아의 발치에 가래침을 퉤퉤 뱉고 뒷문으로 나갔다.

굴뚝을 돌아 안마당으로 오자 순아가 다시 으르렁대었다. 운동화에 가래침이 좀 묻었기로서니 나보고 그걸 핥아먹으라는 둥 콧등으로 반짝반짝 윤이 나도록 닦으라는 둥 별의별 억지를 쓰면서 내 꽁무니를 따라다녔다. 목에 개줄을 친친 동여매고 강제로 끌고 다녀도 이처럼 성가시게 따라다니진 않을 것이다.

일요일이면 내가 의무적으로 해야 할 일이 있었다. 외양간 쇠똥을 치우고 다음날까지 충분히 먹일 수 있을 만큼의 꼴을 베어 오는 거였다. 물론 나는 열심히 공부해야 할 학생이었다. 하지만 번번이 꼴찌만 하니 밥값을 해야 마음이 편했다. 오늘은 산나물을 한 다래끼 가득 뜯어오는 것도 내가 해야 할 일 중의 하나였다. 순아가 그걸 어떻게 귀신같이 알았는지 다래끼를 메고 와서 아침부터 나를 들볶았다.

나는 마당에다 큼직한 글씨로 〈찰거머리 진드기 진딧물 송진 왕사마귀15 무당개구리16 무당벌레〉 따위를 썼다. 침을 퉤퉤 뱉어가며 발뒤꿈치로 그걸 하나씩 뭉개 지워버렸다. 그러자 순아가 마당에다 〈바보 얼간이 촌놈 새대가리〉 따위를 썼다. 거기다 침을 뱉더니 발뒤꿈치로 힘껏 밟으며 혀를 날름거렸다.

나는 그보다 큼직한 글씨로 〈못생긴 호박꽃! 성형수술을 받은 얼굴? 한심한 인간!〉 따위의 글을 쓰고 순아의 눈치를 할금할금 살폈다. 얼굴이 붉으락푸르락 변하며 마구 화를 내겠거니 했는데, 뜻밖에도 피식 웃기만 할 뿐이었다.

순아가 잠시 무슨 생각에 잠기는 듯했다. 얼마 후에 나보다 큼직한 글씨로 〈웅딕이에게 마지막으로 경고한다. 앞으로 한 번만 더 누나에게 까불면 가만두지 않겠다〉라고 쓰고는 뭐가 그리도 우스운지 실없이 깔깔대었다.

나는 신발을 장화로 바꾸어 신고 외양간으로 들어갔다. 삽으로 암소 궁둥이를 철썩철썩 때리며 쇠똥을 치웠다. 못된 순아 때문에 아무 잘못도 없는 암소만 괜히 얻어맞았다. 순아가 외양간 앞으로 다가와 얼굴을 찡그리며 서 있었다. 암만 생각해 봐도 내가 순아한테 죽어지낼 까닭이 없었다. 순아의 얼굴에 쇠똥을 네댓 삽 던져 주려고 "옛다, 쇠똥이나 실컷 먹어라!" 하면서 몸을 돌렸으나 훗일이 염려되어 가까스로 자제했다.

"으유, 누가 산골 촌놈이 아니랄까 봐 하는 짓이 꼭 미련스럽기는."

쇠두엄이 있는 밖으로 쇠똥을 다 쳐내고 신발을 운동화로
바꾸어 신었다. 나는 입을 꼭 다물고 마루에 앉아 순아를 떼
어낼 궁리를 했다.

늙은 대추나무에 앉아 있는 까치가 나를 한심하다는 듯이
내려다보았다. 까치 눈길에 웃음기가 가득한 것 같았다. 웅
딕이는 정말 바보구나, 하고 웃으며 나를 내려다보는 것 같
았다. 누렁이뿐만 아니라 새들도 내가 순아한테 줄곧 당하는
걸 알고 있는 모양이었다.

순아가 번쩍거리는 외제차를 타고 원창고개로 내려오던
날이었다. 좀처럼 사람 곁으로 오지 않는 꾀꼬리[17]까지 산울
타리에 앉아 뭐라고 노래하며 요란하게 순아를 환영해 주었
다. 그래서 둘도 없는 반가운 친구가 생겼는 줄 알았는데 골
칫거리가 내려온 것이다.

"쇠똥을 치웠으면 세수를 해야지. 웅딕이는 역시 원시인
이야."

순아가 약을 살살 올리며 마루에 벌렁 드러누웠다.

나는 얼굴이 근질근질한 걸 겨우 참았다. 되도록 순아 앞
에서 더럽게 굴기, 되도록 순아 앞에서 무식하게 말하기, 되

도록 순아 앞에서 무뚝뚝하게 굴기, 이것이 내가 정한 목표였다. 정나미가 떨어지게 굴어 토요일 오후와 일요일 동안 순아와 떨어져 편안한 시간을 즐기고 싶었다.

"나는 학교 가는 날만 세수해."

"응딩이는 아직 애야. 누구 젖 좀 더 먹어야겠어."

순아가 자신의 말에 웃긴지 입을 쩍 벌리고 깔깔대었다.

말하는 걸 보면 누구 딸인지 앞날이 매우 걱정되었다. 남들 앞에서는 얌전하고 고상한 체하다가도 나와 단둘이 있기만 하면 본성이 숨김없이 드러나 저질 여학생으로 변해버렸다.

"낼부터 우리 집에 오려면 헐렁헐렁한 할머니 몸빼를 입고 와."

마루에 벌렁 드러누워 깔깔대는 순아를 보기가 쑥스러웠다. 나는 목뼈에서 우두둑 소리가 나도록 마당으로 고개를 확 돌렸다.

"내 몸매가 너무 섹시하니?"

"원래 몸매가 훌륭한 여자는 몸에 꼭 끼는 옷을 입지 않아."

"어떤 옷이 멋있는지 모르는 촌놈과 함께 살려니 내가 팍 팍 늙네. 언제 웅딩일 데리고 서울에 갔다 와야 할 텐데. 그래야 이 누나가 좀 편하게 살지."

촌뜨기들이야 헐렁한 바지를 입지만 서울 애들은 다양한 옷을 입는다고 자랑했다. 순아가 서울에 있을 때는 주로 몸에 착 붙는 바지나 짧은 치마를 즐겨 입었다고 했다. 짧은 치마를 입고 거리에 나가면 잘생긴 남학생들이 졸졸 따라다닐 정도였다고 침을 튀기며 자랑했다. 하지만 지지리도 못생기고 촌티가 줄줄 흐르는 내 앞에서 그런 옷을 입는 것은 습관 때문이니 제발 착각 따위는 하지 말라고 신신부탁했다. 못생긴 나를 유혹할 마음은 꿈에도 없다는 거였다.

암만 생각해 봐도 참으로 한심하기 그지없는 여학생이었다. 순아는 학교에 갈 때는 빈틈없이 단정한 교복을 입었다. 선생님이나 친구들은 순아를 똑똑하고 예쁘고 품행이 방정한 학생으로 인정해 주었다. 하지만 나는 순아가 위태위태한 여학생으로밖에 보이지 않았다.

순아 귓불에는 모기 눈알만 한 구멍이 송송송 뚫려 있었다. 초등학교 졸업 기념으로 엄마가 뚫어준 구멍이었다. 나는 그 말을 도저히 믿을 수 없었다. 어느 엄마가 딸의 초등학교 졸업 기념으로 귓불에다 구멍을 세 개씩이나 뚫어준단 말인가. 순아가 제멋대로 구멍을 뚫어 놓고는 새빨간 거짓말을 하는 것임에 틀림없었다.

담임선생이 그 귓불을 보았다면 더 이상 순아를 좋아하지 않을지 몰랐다. 담임선생은 순아를 공부도 잘할 뿐만 아니라 한없이 착한 학생으로 알고 있었다.

나는 담임선생이나 다른 남학생처럼 순아 꽁무니를 졸졸 따라다니며 데이트 좀 하자고 사정한 적이 한 번도 없었다. 장차 큰일을 할 놈은 뭔가 달라도 다르다고 스스로를 치켜세우곤 했지만, 실은 그럴 용기가 없었다. 나는 순아 그림자만 봐도 겁부터 집어먹는 소심한 남학생이었다.

나는 순아 곁에 앉아 있기가 멋쩍어서 벌떡 일어났다. 마당가로 자리를 옮겼다.

"다리 좀 주물러 주렴. 나이가 들으니 안 아픈 데가 없구나."

순아가 어머니 말투를 흉내 내었다.

─아유, 잠자는 호랑이를 왜 건드리는 거야.

"원, 저것도 아들이라고 낳고 미역국을 먹었으니."

─너 그러다가 크게 다친다.

"아들이나 딸만 하나 더 있으면 저 녀석은 당장 학교 때려

치우게 하고 농사나 짓게 해야 딱 맞는데. 전과목 빵점을 맞고도 공부를 안 하잖아.”

―잠자는 호랑이 수염을 계속 잡아당겨라.

“나 같으면 이를 윽물고 빵점을 면하겠건만.”

―빵점을 맞는다는 건 백점을 맞는다는 거야.

“순아가 내 딸이라면 참 좋겠다.”

산울타리 주위에는 작년 가을에 땅으로 떨어진 더덕18 씨에서 바늘만 한 굵기의 새싹이 촘촘히 돋아 있었다. 바람만 불어도 톡 꺾일 듯한 가느다란 새싹이 너무 배게 돋아 있어서 드문드문 솎아 주었다. 그 주위에는 칠팔 년 묵은 더덕에서 돋은 젓가락 굵기만 한 줄기가 산울타리를 휘감으며 하루가 다르게 벋어 오르고 있었다. 더덕 잎을 따서 오물오물 씹고 있는데 순아가 내 곁으로 바짝 다가왔다.

“이게 뭐니?”

“산삼19이다!”

“호호호. 이게 뭐냐니까.”

“…….”

“야, 더덕 냄새가 너무 좋구나. 누나가 캐먹어도 되겠지?”

그게 더덕인 줄 알면서도 자꾸 캐묻는 순아가 여우처럼

보였다. 웬만하면 캐먹으라고 했겠지만 나는 냉정하게 거절했다.

"어느 년이든 더덕만 캐먹어 봐라. 손목을 댕강 꺾어놓을 테니."

나는 아랫배에 잔뜩 힘을 주고 땅땅 엄포를 놓았다. 이게 바로 내 본래의 모습이었다.

"지금 누나보고 년이라고 했어?"

"너보고 그런 적 전혀 없어. 어느 누구든 더덕을 캐먹으면, 그때 년이라 한다고 그랬지."

나는 이내 꼬리를 내렸다. 그 소리에 금방 독을 파랗게 품은 순아의 눈을 보는 순간 겁이 덜컥 났기 때문이었다.

"누나가 더덕을 캐먹을 테니 어디 년이라고 해보렴."

순아가 정말 나뭇가지를 똑 꺾더니 엄지발가락 굵기만 한 더덕을 캤다. 내가 무척이나 아끼는 더덕이었다.

"어머, 색깔이 발그스름한 더덕이네. 웅딕이가 신주 모시듯 하는 더덕이구나! 이거 껍질 좀 벗겨 줄래?"

"……."

"싫으면 관둬. 나도 벗길 줄 알아."

순아가 생글생글 웃으며 더덕 껍질을 벗겼다. 더덕을 입에 넣고 아작아작 씹어 먹었다.

"무슨 더덕이 이렇게 쓰냐? 괜히 먹었네!"

순아가 양미간을 찌푸리며 말했다.

─감히 내가 아끼는 더덕을 캐먹다니.

"웅덕아, 왜 가만히 있니? 누나가 더덕을 맛없게 먹었으니까 년이라 해보시지."

─너 그러다가 정말 맞는다.

"어디 이 손목을 댕강 꺾어놓아 보시지."

순아가 내 코밑으로 손을 불쑥 내밀었다.

─손목이 아니라 모가지도 꺾어놓을 수 있어.

"아무것도 못하는 게 큰소리치기는. 앞으로 한 번만 더 그따위 소릴 함부로 하면 가만 안 둔다. 오늘은 나물을 뜯어야 하기 때문에 특별히 봐주겠어."

나는 순아의 손목 대신 더덕 줄기를 꺾어 잘강잘강 씹으며 울분을 달랬다.

"얘가 이러다가 또 변소에 가서 질질 짜겠네! 다 웅덕이 잘되라고 누나가 이러는 거야."

"……."

"웅덕이, 화났니?"

"……."

나는 순아를 노려보았다. 그러다가 몸을 돌려 성큼성큼 누렁이에게로 다가갔다. 순아를 때리고 싶은 마음이 간절했지만, 그랬다간 그보다 백배 혼날 게 뻔했다. 부모부터 학교 선생님에 이르기까지 내 편을 들어줄 사람은 한 명도 없었다.

"깨갱! 깨개갱!"

나는 실성한 사람처럼 누렁이에게 발길질을 했다.

"누렁이를 왜 때리는 거야?"

"이 못된 년아! 가만두지 않겠다."

"지금 나보고 욕하는 거지?"

"누렁이, 요 못된 년아! 숨는다고 내가 가만있을 것 같아?"

나는 순아 다리 사이로 피신한 누렁이를 노려보며 제법 무섭게 호령했다.

"웅딕이 어디 혼 좀 나봐라. 누렁아, 못된 웅딕일 콱 물어라, 물어."

그때까지 꼬리를 내리고 낑낑대던 누렁이가 그 말에 갑자기 어떻게 된 모양이었다. 내게로 쏜살같이 달려들더니 허벅지를 콱 무는 게 아닌가.

"아흐, 아흐흐."

나는 신음을 내지 않으려고 했는데도 그게 잘 안 되었다. 가까스로 정신을 가다듬고 있는 힘을 다해 누렁이 배를 걷어찼다. 네댓 번 발길질을 해대자 그제야 누렁이도 배가 아픈지 내게서 떨어졌다. 누렁이에게서 벗어난 나는 바람같이 외양간 앞으로 도망가지 않을 수 없었다.

그런 내 모습을 보더니 순아가 허리를 꺾으며 미친 듯이 웃어대었다. 되도록 내 약을 올리려는 듯이 큰 소리로 깔깔대었다.

문득 아랫집 말술 아저씨 말이 생각났다. 아저씨의 아버지는 미친 늑대[20]에게 물려 그 늑대처럼 미치고 말았다고 한다. 그래서 아버지를 밧줄로 꽁꽁 묶어 죽을 때까지 방에 가두어 놓았다고 한다. 혹시 누렁이도 미친 것이 아닐까. 하늘같은 주인을 함부로 무는 개는 정상이라고 하기에는 무언가 문제가 많은 개였다.

누렁이가 문 데를 만져 보니 다행히 상처가 크게 나지는 않았다. 이렇게 망신을 당하고 살 바에야 차라리 손으로 콧구멍을 콱 막고 자살하는 게 나을 것 같았다. 한마디로 말해서 미칠 지경이었다. 나는 어금니를 깨물며 한여름이 되면 누렁이를 팔아버리고 말겠다고 굳게 다짐했다.

"아이고, 배야!"

순아가 너무 웃어 배가 아픈 모양이었다. 아랫배를 만지며 깔깔대던 순아가 나중에는 딸꾹질까지 했다.

"너무 웃어 딸꾹질까지 다 나오네. 뻑! 뻐꾹!"

순아는 부엌으로 뛰어 들어가 물을 마시고 밖으로 나왔다.

"역시 우리 누렁이는 용감한 내 오른팔이야."

순아가 꼬리를 살랑살랑 흔드는 누렁이 머리를 쓰다듬고 입을 맞추었다. 깨끗한 체는 홀로 하지만 알고 보면 매우 추접한 계집애였다. 누렁이가 해낙낙한 표정을 지으며 긴 혀로 순아의 손등을 슥슥 핥아대었다.

만일 누렁이가 암캐라면 저렇게 굴지 않을 거란 생각이 들자 순아가 더없이 불결해 보였다. 어쩌면 순아는 변태일지 모른다는 생각이 들었다. 나는 누렁이와 순아를 번갈아 노려보며 뽀드득뽀드득 이를 갈았다. 이런 모욕을 당하고 산다는 것이 몹시 한심할 뿐이었다.

"누나 말 안 듣다간 좋을 거 하나도 없어."

순아가 내 곁으로 다가와 화해하자는 말투로 말했다.

"누나하곤……."

나는 말꼬리를 흐리며 주먹으로 입을 퍽 소리가 나게 때렸다. 너무 세게 때리는 바람에 입 안이 얼얼할 지경이었다. 못된 순아를 누나라고 부르다니. 순아가 말끝마다 자신을 누나, 누나 하니까 나도 모르게 그런 말이 튀어나오고 말았다. 순아가 허리를 꺾고 한참 동안 깔깔대었다.

"아이, 기분 좋아라."

"으흐흐흑!"

"누나보고 누나라고 하는 게 당연하잖아."

"당장 내 앞에서 꺼져버려."

"내가 귀신도 아닌데 어떻게 갑자기 사라지니?"

"살고 싶으면 꺼져버려."

"웅덕아, 화났니?"

"화 전혀 안 났어."

"남자 자식이 여자가 하는 말에 토라져 어디다 쓰니?"

남자가 오죽이나 속이 좁으면 그런 일에 화를 내느냔 소리였다. 물론 맞는 말이었다. 하지만 나는 화가 날 대로 나 있었다.

"나물 뜨러 가자. 응덕아, 으응⋯⋯."

순아가 내 곁으로 다가오더니 팔짱을 꼭 끼고 몸을 흔들며 눈웃음을 살살 쳤다. 나는 온몸이 뻣뻣하게 굳어 옴을 느낄 수 있었다. 고목나무처럼 뻣뻣이 서서 어찌해야 좋을지 몰라 쩔쩔매었다. 순아가 애교를 떨며 몸을 움직일 때마다 말랑말랑한 젖가슴이 옆구리에 닿아 물결처럼 부드럽게 출렁거렸다.

문득 어머니 젖가슴이 생각났다. 이 세상 여자 중에서 어머니 젖가슴이 가장 예쁜 줄로 알았다. 그런데 순아로 말미암아 내 생각이 아주 잘못되었음을 알게 되었다. 밑으로 좀 처진 어머니 젖가슴은 순아의 그것에 비하면 아무것도 아니었다.

나는 화톳불 가까이 앉아 있을 때처럼 얼굴이 달아올랐다. 심장이 빠른 속도로 콩당콩당 뛰었다. 굴뚝새[21]처럼 어디로 숨으려고 해도 몸이 말을 듣지 않았다. 더 이상 눈을 뜨고 서 있기가 쑥스러워 그만 눈을 감았다.

순아가 더욱 몸을 흔들며 나물을 뜨러 가자고 보챘다. 그러다가 갑자기 조용해졌다. 아주 짧은 순간에 불과했는데도 마치 기나긴 시간이 흘러간 것처럼 느껴졌다. 그때 내 얼굴로 향긋한 입김이 다가왔다. 순아가 내 귀에 입을 대고 귓속말로 나긋나긋이 속삭였다.

"있잖아, 이 누나는 웅덕이를 너무너무 좋아한대요."

나는 정신을 차리려고 두 눈을 껌벅여 보았다. 달콤한 꿈에 몽롱하게 잠겨 있다가 깬 것만 같은 느낌이었다. 고개를 좌우로 힘차게 흔들어 보았다. 그제야 뻣뻣하게 굳었던 몸이 조금씩 풀리기 시작했다.

내가 화났을 경우에 순아는 언제나 미인계 작전으로 나왔다. 갑자기 순아가 부드럽게 굴면 나는 늘 속수무책으로 무너져버렸다. 나도 알고 보면 싱겁기 짝이 없는 놈이었다. 날마다 바보처럼 엉덩이를 뻥뻥 차이고 뱃가죽과 목덜미를 꼬집히고 하빔을 당하다가도 미인계 작전에 그만 봄눈 녹듯 다 녹고 말았다.

나는 마지못하는 체하며 그 요구에 응했다. 다래끼를 메고 순아보다 앞서 바깥마당으로 도망가듯 나가는데 "애, 밥을 먹었으면 세수도 하고 이도 닦아야지. 매를 맞아야 정신을 차리겠니? 엄마가 나보고 웅덕이 단속하란 말도 못 들었어?" 하고 듣기 싫은 잔소리를 두루 늘어놓았다.

차라리 나는 벙어리에다 귀머거리가 되었으면 싶었다. 순아에게 일일이 말대꾸하기도 이젠 지칠 대로 지쳐 있었다. 못된 시어머니가 며느리에게 하듯 잔소리를 늘어놓으며 순아가 내 뒤를 쫓아왔다. 그러든 말든 나는 배나무골 쪽으로 걸음을 옮겼다. 허파에 바람이 들었는지 순아가 계속 깔깔대며 내 뒤를 쫓아왔다. 순아의 낭랑한 웃음소리가 하늘 가득히 퍼졌다가 메아리가 되어 되돌아왔다.

산골의 봄은 화창하기 그지없는데, 나는 왠지 모르게 가슴이 뛰고 초조해졌다. 갑자기 순아가 무섭다는 생각이 들었다.

1_우리나라 산을 대표하는 나무를 꼽는다면 소나무가 아닐까 한다. 소나무는 어디 내세울 만한 곳이 별로 없는 듯한 나무이다. 그런데 이상하게도 보면 볼수록 예술적인 기품이 있어서 세상 어떤 나무보다 아름다운 것이 소나무란 생각이 든다. 솔꽃은 마음을 기울여 눈길을 주지 않으면 언제 피었는지 잘 모를 정도이다. 바람이 부는 어느 봄날, 언덕을 구름처럼 덮으며 스쳐 지나가는 송홧가루를 보고 소나무에도 꽃이 피었구나, 하는 것을 알 수가 있다. 발과 날개가 없는 소나무는 바람에 송홧가루를 멀리 날려 보내며 자신의 향

기를 전한다. 소나무는 뿌리에서 잎에 이르기까지 버릴 것이 하나도 없는 나무이다. 송홧가루로 음식을 만들고, 소나무 속껍질로 떡을 만들고, 솔잎으로 송편을 찌고, 송진은 약재로 쓰이며 나무는  튼튼해서 여러 가지 용도로 쓰인다. 땅속의 죽은 소나무 뿌리에 기생하는 복령(茯笭)은 강장, 이뇨, 진정 등에 효능이 있어 한방 재료로 쓰인다. 아낌없이 모든 것을 주는 나무. 그런 소나무는 산골 소년의 다정한 친구이다. 산골 소년은 혼자라는 생각에 마음이 허전하다. 그러나 눈을 들어 근처의 소나무를 보면 외로움은 금방 사라진다.

2_베짱이는 정말 게을러터진 곤충일까. 날갯죽지 부분에 발음기가 있는 수컷 베짱이는 일을 하지 않고 노래만 부른다고 한다. 산골 소년은 베짱이가 게을러터진 곤충이라고 생각하지 않는다. 한여름이 지나면 베짱이는 자신의 삶을 마감해야 하므로 애절하게 암컷을 찾으며 사랑 노래를 부른다. 사람에게 가장 억울하게 알려진 베짱이와 달리 개미는 부지런의 대명사가 된다. 사실이 그렇다. 개미는 너무 부지런해 언제 잠을 자는지 궁금할 정도이다. 산골 소년의

바깥마당 곳곳에는 개미들이 구멍을 파고 입으로 흙을 나르고 먹이를 찾으러 다닌다. 죽은 곤충이라도 있으면 많은 개미들이 몰려들어 구멍으로 그것을 옮긴다. 사람의 발에 밟혀 잘못하면 죽고 말텐데 개미는 죽음조차 겁내지 않는다.

언제 날아왔는지 산에 삐라가 떨어져 있다. 산골 소년은 불개미 집을 발로 툭 찬 다음 삐라에 불개미 여남은 마리를 싸서 바깥마당으로 온다. "너희들은 다 같은 동족이다. 제발 싸우지 말고 사이좋게 지내거라." 산골 소년이 불개미를 곰개미 앞에 풀어놓으며 말한다. 개미들은 산골 소년의 말을 알아듣지 못하는지 또 싸운다. "지금 국군과 인민군이 피 터지게 싸우고 있습니다. 인민군 다섯 마리가 죽고 국군 여섯 마리가 죽었습니다." 산골 소년은 아나운서처럼 말하다가 인기척에 뒤를 돌아본다. 언제 살그머니 다가왔는지 윗집 할머니가 히죽히죽 웃는다. "영덕이가 국방부 장관이구나. 오늘은 인민군 몇 마리를 때려잡은 거야? 으유, 새빨간 인민군들은 생각만 해도 지겨워. 육이오 때 동굴에서 숨어 지낸 것을 생각하면 치가 떨려. 인민군 새끼들은 죽어라, 죽어. 옳지, 잘 싸운다!" 윗집 할머니가 손뼉을 치며 곰개미를 응원한다. 개미끼리 죽음을 불사하고 싸우는 것을 보면서 산골 소년은 먹구름처럼 어두운 표정을 짓는다.

3_가난한 집에는 도둑이 훔쳐갈 만한 것이 없다. 산골 소년의 집 둘레에는 담장 대신에 박달나무와 자작나무가 서 있다. 도둑을 지킬 필요가 없는 개에게는 자유를 주어 어디에든 다닐 수 있게 한다. 누렁이는 산과 들로 쏘다니기를 좋아해 귀에 진드기가 달라붙어 있다. 몸에는 벼룩이 있다. 손이 없는 누렁이는 뭉툭한 주둥이와 발로 벼룩을 잡아보려고 애쓰지만 그것을 잡을 재주가 전혀 없다. 산골 소년이 누렁이의 벼룩과 진드기를 잡아 주어야 한다. 그러나 둘의 관계는 좋지 않아 소 닭 보듯 누렁이에게 관심을 나타내지 않는다. 몸이 근질거려 미치겠는데 벼룩과 진드기를 잡아주지 않는 산골 소년에 대한 누렁이의 미움은 날이 갈수록 더해져 나중에는 공격적으로 변한다.

4_휘파람새는 얼마나 휘파람을 잘 부는 것일까. 산골 소년이 언덕에서 유쾌하게 휘파람을 불면 휘파람새가 우거진 숲 속에서 휘파람을 분다.

5_누에와 뽕나무의 관계는 유별나다. 이 세상에는 먹을 것이 많고 많은데, 누에는 오직 뽕잎만을 먹는다. 누에는 신비의 대상이다. 고개를 들고 네 번 잠을 잔 다음 새끼손가락만 한 늙은 누에는 사각사각 실을 토하며 타원형의 집을 짓는다. 고치의 명주실을 다 풀어

길이를 잰다면 우주를 축소한 것이 될까. 오직 뽕잎만을 먹고 실을 토하는 누에. 누에는 작은 입으로 실을 토하는 것이 아니라 우주의 비밀을 노래하는 것이 아닐는지. 노래를 마치고 누에는 번데기(완전 변태를 하는 곤충에서 유충기와 성충기 사이에 한동안 활동을 멈추고 있는 시기)가 된다. 번데기가 된 누에는 볼품사납게 바짝 오그라들지만 곧 나방으로 변신할 것이다.

6_4월, 나뭇가지마다 분홍빛 꽃이 피어 가슴을 설레게 하는 돌복숭아나무. 산 골 소년은 돌복숭아나무의 꽃을 볼 때 마다 자신도 모르게 가슴이 두근거린 다. 어느 소녀의 볼이 분홍빛 꽃처럼 화사했던 기억이 나는 듯 마는 듯.

7_산골 소년의 집에서 십여 미터쯤 떨어진 재래식 변소 주위에 뚱딴 지가 있다. 돼지감자라고도 하는 뚱딴지의 덩이줄기는 늦가을 먹 을 것이 줄어든 계절에 땅에서 캐먹을 수 있는 것 중의 하나이다. 돼지감자의 맛은 고구마나 감자보다 못할 뿐만 아니라 뒷간 주위 에 있어서 먹기는 먹어도 입맛을 즐겁게 해주진 못한다. 심심한 입 을 달래 주는 정도라고나 할까. 왜 뒷간 주위에 뚱딴지가 있는 것 일까. 생각해 보면 그럴 만한 이유가 있다. 어른 키만큼 자라는 뚱

딴지는 초라한 뒷간을 가려주는 역할을 한다. 노란 꽃은 보기에도 좋고 아름답다. 길을 지나는 사람에게 냄새 나는 뒷간은 보지 말고 뚱딴지에만 시선을 던지라고 그것을 거기에 심은 모양이다.

우둔하고 완고하며 무뚝뚝한 사람을 뚱딴지라고 하며, 엉뚱한 짓을 뚱딴지라고 한다. 예쁜 꽃과는 달리 모양이 못생긴 돼지감자 때문에 그런 말이 생긴 것 같다. 뚱딴지의 덩이줄기를 먹은 탓인지 가끔 산골 소년은 뚱딴지같은 말을 한다는 평을 듣는다. "지금 할머니 얼굴이 못생긴 걸 보면 처녀 때도 뚱딴지처럼 못생겼을 것이 분명한데, 무슨 재주로 잘생긴 할아버지를 얻었을까? 하긴 못생겼

으니까 이런 산골에서 두더지처럼 땅을 파먹으며 살고 있는 것이겠지만." "영덕이가 또 뚱딴지 같은 소리를 하는군!" 윗집 할머니가 손으로 산골 소년을 가리키며 말한다.

8_ 산골 소년의 부모는 훌륭한 인격을 지닌 분이라고 장담할 수 없지만, 산골 소년을 다리 밑에서 주워와 키웠다고 말한 적은 없다. 산골 소년은 그 점을 고맙게 생각한다. 다리 밑에서 주워와 키웠다는 소리를 듣는 친구들을 볼 때마다 뻐꾸기가 생각난다. 애를

낳아 다리 밑에다 버리는 미혼모처럼 뻐꾸기는 자신의 새끼를 키우지 않는다. 뻐꾸기는 아예 둥지를 짓지 않을 뿐만 아니라 얄밉게도 붉은머리오목눈이 둥지에 알을 낳는다.

그러면 멍청하면서 정이 많은 붉은머리오목눈이는 자기보다 큰 뻐꾸기 새끼를 키운다. 산골 소년은 뻐꾸기가 붉은머리오목눈이 둥지에 알을 낳고 돌보지 않는 것을 관찰한다. 뻐꾸기 울음소리가 다른 새에 비해 큰 이유를 알게 된다. "내가 네 엄마야. 뻐꾹아, 내가 네 진짜 엄마라니까. 진짜 엄마야." 하고 뻐꾸기는 큰 소리로 이 산에서 저 산에까지 들리도록 "뻐꾹, 뻑뻐꾹!" 울고 있는 것이다.

9_ 까마귀를 길조(吉鳥)로 여기는 나라가 있다고 한다. 우리나라 사람들은 까마귀를 흉조(凶鳥)로 여긴다. 까마귀와 까치는 같은 새인데 까마귀는 사람들에게 매일 욕을 먹는다. 까치가 아침에 집 앞에서 울면 반가운 손이 온다는 속설이 거짓이라는 것을 가장 잘 알고 있는 새는 바로 까마귀가 아닐까. "사람들이여, 까치가 울어도 반가운 손님이 오지 않거든요. 물론 내가 울어도 사람이

죽거나 나쁜 일이 일어나지 않아
요. 그러니 나를 나쁘게 보지 마
세요." 까마귀는 사람들을 향해
수없이 "까악, 까악!" 하고 말한
다. "으유, 재수 없는 새가 또 우
네. 퉤! 퉤퉤! 휘이, 휘이." 윗집

할머니는 까마귀를 볼 때마다 욕을 하면서 돌팔매질한다. "할머
니, 평등한 세상에서 까치는 좋다고 흐흥대시면서 까마귀는 왜
싫다고 구박하는 거유?" "영덕이 엄마가 영덕이한테 약이라고 까
마귀 고기를 먹였는데, 그게 큰 실수였어. 까마귀 좋다는 놈은 세
상에 너밖에 없으니 장차 무엇이 되려고 그러는지 모르겠네. 새
까만 마귀를 좋아하는 영덕이에게 백로를 잡아 먹여야 되겠군."

10_ 산형과의 다년초. 잎은 세 쪽씩 붙은 겹잎이며 그 쪽잎은 끝이 뾰
족하고 톱니가 있는 달걀 모양이다. 여름에 흰 꽃이 피며 어린잎
은 나물로 먹는다. 나무나 풀 중에서 '참'이 붙는 것이 있다. 참
깨, 참꽃, 참나리, 참나무, 참느릅나무. 나물 중에서도 진짜 나물
이라 참나물이라고 하는 것일까.

11_ 산속의 제왕으로 군림한 한국 호랑이가 없어진 이후로 노루, 고
라니, 사슴 따위의 짐승들은 편안하게 살아갈 수 있게 된다. 노루

를 피하니 범이 나온다는 속담이 있다. 하지만 인간들이 덫이나 올무를 놓아 짐승을 잡으면서 호랑이 없는 산도 위험하긴 마찬가지다.

어느 날, 아랫집 아저씨는 올무를 놓아 뿔이 달린 수컷 노루를 잡아온다. 윗집 할머니와 산골 소년의 부모를 초청해 노루 고기를 구워 먹는데, 산골 소년은 고기를 먹지 않은 채 시무룩한 표정을 짓는다. "영덕아, 노루 고기는 사람에게 좋은 거야. 왜 먹지 않고 있어?" 아랫집 아저씨가 말한다. "아저씨. 밀렵을 하다가 들키면 어떻게 되는지 모르세요? 아저씨가 잡아먹은 오소리, 고라니, 너구리, 멧돼지가 몇 마리인지 다 알고 있고, 증거도 가지고 있거든요. 고기를 먹고 싶으면 정육점에서 사다가 먹으세요." "영덕아, 돼지고기와 노루는 비교할 바가 아니야. 옛날엔 왕이 먹던 고기가 바로 노루고기야. 쓸데없는 소리 그만하고 어서 먹어." 아랫집 아저씨가 약간 화난 목소리로 말한다. "노루 수컷도 뿔이 있고 염소 수컷도 뿔이 있는데, 나는 뿔이 없어서 사람들이 내 말을 우습게 여기는 모양이야. 어유, 이 뿔 멋있네." 산골 소년이 노루의 뿔을 집어 들고 말한다. "이거 제게 주시면 신고하지 않을게요." 그러자 아랫집 아저씨가 어처구니없는 일을 당한 표정을 짓다가 입을 연다. "혀빠지게 산속을 누벼 노루를 잡아왔더니 엉뚱한 인간이 좋은 것을 가져가는군. 그래, 그걸 줄 테니 제발 신고 좀 하지 말거라. 저번에 누가 신고했는지 경찰서에서 조사가 나와 혼쭐이 났잖아." 아저씨가 맥 빠진 목소리로 말한다. "뭐, 제가 이 뿔이 탐나서 갖는 것이라기보다 증거로 접수하는 것이니까 그리 아세요. 안녕히 계세요." 산골 소년은 노루 뿔을 들고 발바닥이 땅에 닿지 않도록 집으로 달려간다.

노루 꼬리만 한 겨울 해가 서산 너머로 기우뚱 넘어가고 땅거미가 깔릴 무렵, 산골 소년은 노루 뿔을 머리에 얹고 산과 들로 달려보는 상상을 해본다.

12_ 윗집 할머니는 도깨비를 직접 보았다고 침을 튀겨 가면서 강력하게 주장한다. 도깨비가 어떻게 생겼는지 막대기로 그림을 그리면서 자신의 주장을 굽히지 않는다. 둥그런 머리에 쇠뿔보다 작은 뿔이 두 개가 달려 있고, 눈이 똥그란 도깨비는 손에 도깨비방망이를 들고 있다고 한다. "할머니, 병원에 입원해 한 보름 동안 있다가 오시는 게 어때요? 헛것이 보인다는 것은 건강이 좋지 않다는 것이고, 다시 말하면 일찍 죽을 수 있다는 것이거든요." 이렇게 걱정을 해주면 고맙다고 말하기는커녕 욕을 퍼붓는다. "이놈의 새끼가 나 죽으라고 주문을 외우는구나. 안 죽는다. 오래오래 살아 영덕이가 늙어 죽은 다음에 내가 갈 거니까." "도깨비와 친

하면 도깨비방망이에게 명령해 호박만 한 금덩어리 하나 달라고 하면 할머니 말을 믿을 수 있겠지만." "금보다 귀한 것이 땅이야. 산과 들과 땅이 좋아 산골에 살고 있는데 무엇이 더 필요해 금을 달라고 하겠어. 도깨비방망이에게 명령해 금 나와라 뚝딱, 하면 금덩어리가 나오겠지만 그러면 영덕이가 나를 금으로 볼 테니 어디 그게 사람이 사는 것이냐?" 윗집 할머니가 키득키득 웃는다.

13_ 윗집 할머니의 손녀 순아가 서울에서 살다가 원창고개로 내려온다. 밤에 산골 소년의 바깥마당에서 오줌을 누다가 까무러친다. 번쩍이는 푸른빛의 불꽃을 보고 귀신이 나타난 줄 알고 까무러친다. 어두운 밤에 무덤이나 축축한 땅 또는 고목에서 그런 불빛이 일렁인다. 밤에 무덤 주위에서 푸른빛의 불꽃이 일렁이면 얼마나 무섭고 가슴이 뛸까.

14_ 긴 겨울을 보내려면 김치는 그 무엇보다 필요하다. 배추로 김치를 만들고 무로 깍두기와 동치미 따위를 만들어 놓는다. 무는 땅에 구덩이를 파고 묻어 놓았다가 겨울에 먹는다. 무의 잎과 줄기는 칡덩굴로 엮어 벽에 걸어놓는다. 말린 무청에 된장을 풀어 넣고 끓인 시래깃국은 산골에서 겨울을 이겨내는 데 필요한 영양을 보충해 준다.

15_ 보면 볼수록 징그럽게 생긴 왕사마귀. 날개까지 있는 왕사마귀는

악한 세력을 상징하는 모양과 흡사하다. 교미가 끝나면 영양 보충을 위해 암컷이 수컷을 잡아먹는다는 이야기가 있다. 산골 소년은 왕사마귀를 좋아하지 않으므로 왕사마귀

를 관찰한 적이 없다. 그 생김새를 보면 능히 그러고도 남을 곤충이라고 생각된다. "할머니, 암컷이 수컷을 잡아먹는 곤충도 있나요?" 산골 소년이 묻는다. "있지. 교미가 끝나면 왕사마귀 암놈이 수놈을 잡아먹지. 얌얌, 아주 맛있게." 윗집 할머니가 입맛을 쩝쩝 다신다. "으, 그렇군. 세상 이치라는 게 다 비슷하거든요. 곤충 중에 그런 것이 있으면 여자 중에도 그런 여자가 있게 마련인데, 그렇다면 못생긴 여자보다 예쁜 여자가 더 착한 것일까. 그런 것은 아닐 텐데, 아무튼 독한 여자를 만나면 남자가 인생을 망치는 것은 확실하죠?" "그야 당연하지. 천사 같은 여자도 있고 왕사마귀 같은 여자도 있지. 그건 남자도 마찬가지야. 영덕이는 자신을 어떤 종류의 남자라고 생각해?" 윗집 할머니가 묻는다. "저는 뭐… 뿔 달린 노루나 염소처럼 위엄이 있으면서 산과 들을 마음껏 달리는 수컷이라 생각됩니다만." 산골 소년은 약간 자신이 없

는 목소리로 대답한다. "세상은 넓고 위험한데 고작 뿔 달린 노루나 염소라니, 노루 고기를 좋아하는 아랫집 말술이한테 잡아먹히고 말겠군. 뭐, 독수리나 매처럼 하늘을 나는 새가 될 정도는 되어야지 고작 그 정도야. 에이구, 불쌍한 놈 같으니. 앞날이 매우 걱정이구나, 걱정!"

16_ 비단개구리라고도 하는 무당개구리는 연못이나 산속의 개울 또는 논에서 산다. 등은 녹색 바탕에 흑색의 어룽무늬가 있고, 배는 적색 바탕에 흑색의 어룽무늬가 있다. 매운 냄새가 나는 무당개구리는 보신 강양제, 폐병의 약재로 쓰인다. 고약한 냄새 때문에 무당개구리는 뱀에게조차 잡아먹히지 않는다. 산골 소년은 심심하면 발로 무당개구리의 등을 살짝 건드린다. 그러면 무당개구리는 항복이라도 하는 듯이 네 발을 하늘로 올리고 움직이지 않는다.

17_ 노란색 몸빛에 눈에서 뒷머리까지 검은 띠가 있는 꾀꼬리는 겁이 많아 숲 속에 숨어 산다고 한다. 산골 소년은 꾀꼬리가 결코 겁이 많은 새가 아니라는 걸 알고 있다. 산골 소년은 나물을 뜯다가 갑자기 머리 부분을 스치는 새를 만난다. 공중에서 산골 소년을 향해 날아오는 꾀꼬리의 공격에 깜짝 놀란다. 저만치 나뭇가지 끝에 꾀꼬리의 둥지가 보인다. 산골 소년이 둥지를 해할까 걱정되

어 꾀꼬리가 선제공격을 한다. 평화로운 산속에 전쟁이 일어난다. 폭격기처럼 공격하는 꾀꼬리와 그에 맞서는 산골 소년은 조금도 물러서지 않는다. 한 시간, 두 시간이 흘러도 승부를 예

측할 수 없다. 꾀꼬리가 산골 소년의 손이 닿지 않을 정도까지 쏜살같이 내려오다가 방향을 바꾸어 하늘로 치솟는다. 결국 전쟁은 무승부로 끝이 난다. 화려한 몸빛과 아름다운 울음소리. 그런 새가 어찌 그리도 무섭고 독한지. 꾀꼬리는 독수리나 매보다 용감하고 공격적인 새이다.

18_더덕은 초롱꽃과의 다년생 만초로 산이나 들에 난다. 뿌리는 도라지처럼 굵고 줄기는 덩굴로 뻗는데, 한방에서는 사삼(沙參)이라 하여 약재로 쓰인다.

산골 소년은 산으로 다니길 좋아한다. 사람의 얼굴이 모두 다르고 개성이 있듯이 식물도 그렇다. 풀과 나무의 종류대로 향기와 기품이 다르다. 코끝을 스치는 독특하며 진한 냄새에 걸음을 멈춘다. 산골 소년이 서 있는 주위 어디에 더덕이 있다. 가만히 눈길을 돌려가며 냄새가 나는 곳으로 향한다. 늙은 싸리나무를 휘

감으며 위로 올라가는 젓가락 굵기만 한 더덕 줄기가 보인다. 같은 산에서 자라는데 더덕은 다른 식물과는 달리 짙은 향기를 내뿜는다. 미치도록 외로워서 나무줄기를 휘감고 향기를 내뿜으며 자신의 존재를 알리는 모양이다.

19_ 세 가지에 다섯 잎이

햇볕을 등지고 그늘로 향했구나

나를 얻으려 이곳에 오려면

피나무 아래로 찾아와 주려무나

고려 시대에 어느 심마니가 부른 노래이다. 만병통치약의 으뜸으로 알려진 산삼은 참으로 신령스런 식물이다. 산삼은 피나무, 단풍나무, 오동나무, 옻나무, 가래나무와 친해 그 밑에서 잘 자란다. 특히 피나무와 제일 친하다고 한다. 고비, 고사리, 속새는 산삼과 사이좋게 자라는 식물이다.

열 뿌리가 넘는 산삼을 발견하고 산골 소년은 겁이 난다. 산삼을 캐면 큰 돈이 들어올 테고, 그러면 산골을 떠나 도회지로 갈 수가 있다. 작은 아파트를 얻고 도회지의 학교와 학원을 다니고, 예쁜 여자 친구를 사귀며 살아갈 수 있다. 그런 생각을 하자 산골 소년은 왠지 불길한 느낌이 든다. "산삼아, 내가 무서워 몸을 떨고 있구나. 나는 더덕을 캐먹기는 하지만 산삼을 캐먹거나 팔아먹는 심마니가 아니잖아. 그러니 나를 무서워하지 않아도 돼. 식물 중에 최고의 식물을 함부로 대할 수는 없지. 다만 네 빨간 열매만 따다가 다른 산에 심을 거야." 산골 소년은 산삼의 열매를 다른 산에 심어 놓는다. 산삼을 캐어 팔지 않은 산골 소년의 가슴에는 수십 뿌리의 산삼이 자라고 있다.

20_늑대는 갯과의 동물로 성질이 사나워 사람을 해치기도 하는 짐승이다. 우리나라 산에서 여우와 늑대를 보기는 어렵다. 멸종이 된 것은 아니겠지만 그 수가 적어서 늑대와 여우를 보았다는 사람이 없다. 산골 소년은 늑대를 본 적이 있다. 산등성이에서 두 마리의 늑대가 산골 소년에게서 조금 떨어진 곳을 지나 어디로 가는 것을. 늑대는 산골 소년에게 고개를 돌리지 않았으며, 어느 짐승처럼 도망가지도 않은 채 보통 걸음으로 사라진다. 한 번의 조우(遭遇). 그런데 두 마리의 늑대는 산골 소년의 뇌리에서 지워지지 않는다. 어떤 것은 수백 번 보고 또 보아도 잊혀지는데. 만일 그때 늑대가 산골 소년을 공격했으면 어떻게 되었을까. 생각만 해도 끔찍하다. 삶과 죽음의 경계가 멀지 않다는 것을 산골 소년은 알게

된다.

21_ 몸빛은 짙은 갈색이며 암갈색 가로무늬가 있는 굴뚝새는 침엽수
림대의 바위틈이나 시골의 헛간 등에서 산다. 참새보다 작은 새,

굴뚝새. 굴뚝 근처에서 보이는
새. 무슨 죄를 지어 부끄러운
듯이 사람의 시선을 피해 달아
나는 굴뚝새. 작고 힘이 없어서
으슥한 곳으로 다니는 굴뚝새.

나는 밥상에 향기 그윽한 산나물 한 가지만 놓여 있으면 반찬 투정을 하지 않는 착한 남자였다. 산에서 방금 뜯어온 것이든 살짝 데쳐 무친 것이든 삶아 말린 것이든 상관없었다. 산나물만 놓여 있으면 주걱으로 꾹꾹 눌러 담은 고봉밥[1]이라도 시원스럽게 먹어치웠다.

하지만 상다리가 휘도록 맛깔스런 반찬을 많이 차려 놓아도 산나물이 빠졌다면 시답지 않았다. 입이 짧은 고양이처럼 해작거리며 숟질을 하다가 입맛을 쩝쩝 다시며 밥상머리에서 물러나기 일쑤였다. 다른 음식은 몇 번만 먹으면 이내 질리곤 했지만 산나물은 아무리 먹어도 질리는 법이 없었다.

어머니는 여러 가지 농사일로 정신이 없었다. 매일 일을 해도 끝이 없는 게 농사일이었다. 그러므로 나물 뜯는 일은 바로 나의 몫이었다. 내가 나물을 뜯어도 누가 몰래 숨어 눈여겨보거나 남자가 좀스럽게 나물이나 뜯으러 다닌다고 놀려대는 사람은 없었다. 나는 언제나 맘 놓고 나물을 뜯을 수 있었다. 어릴 적부터 나물을 뜯다 보니 으레 내가 해야 할 일로 여기고 있었다.

그러던 것이 재작년부터 조심해서 나물을 뜯지 않으면 안 되었다. 망원경으로 나의 일거수일투족을 감시하는 순아 때문이었다. 사내자식이 오죽이나 못났으면 아줌마처럼 산으로 빨빨 쏘다니냐고 심심하기만 하면 혀를 날름거리며 놀려댈 게 겁나서 항상 조심했다. 다래끼를 메고는 윗집으로 난 길에 얼씬도 하지 않았다.

그런데 순아가 어른들에게 남의 사생활을 캐물어 심심하기만 하면 나물을 뜯으러 가자고 입버릇처럼 놀려대었다. 아무리 그래도 나는 그런 좀스런 짓은 전혀 할 줄을 모르는 남자라고 딱 잡아떼었다. 거짓말도 한계가 있는 모양이었다.

74

이제 능청스럽게 거짓말을 할 힘이 없었다. 나의 모든 걸 정확하고 자세하게 알고 있는 순아에게 거짓말을 해본들 나만 점점 초라하고 비참해질 뿐이었다.

집에서 몇 발자국 나서면 바로 산이었다. 멀리 가지 않아도 강가의 자갈처럼 흔해빠진 게 바로 나물이었다. 오늘은 고사리를 꺾기 위해 배나무골로 향했다. 배나무골 한쪽은 소나무와 잣나무² 숲이었고, 다른 한쪽은 떡갈나무와 굴참나무와 잡목 숲이었다. 잣나무와 소나무 숲에서는 주로 고사리가 많이 났고, 참나무 숲에서는 고비가 많이 났다. 고사리보다 고비가 꺾는 재미도 있고 값이 비싸지만 순아를 데리고 거기까지 가기에는 거리가 멀었다.

그리고 그쪽 능선은 조리텃골 영구가 묻힌 곳이라서 별로 가고 싶지 않았다. 초등학교 때 영구와 나는 함께 휴학한 적이 있었다. 영구는 의리에 죽고 의리에 사는 남자였다. 너무 멋있는 인간이라 하나님께서 곁에 두고 싶어서 일찍 하늘나라로 데려간 모양이었다.

영구 아버지는 소문난 술고래며 투전꾼이었다. 어수룩한 촌사람을 살살 녹여 폭리를 취하는 소장수며 난봉꾼이기도 했다. 모든 농사일은 영구 어머니가 도맡아 했다. 귀신이 곡

할 정도로 화투를 주무르는 실력이 최고 경지에 도달했다는 영구 아버지가 하루는 많은 돈을 잃었다. 원숭이도 나무에서 떨어질 날이 있다더니 그 말이 맞기는 맞았다. 머리를 치렁치렁 늘어뜨리고 바람난 수캐3처럼 빼빼 마른 괴상한 영감탱이에게 황소 네댓 마리의 값을 모조리 잃고 말았다.

돈을 잃은 영구 아버지는 곤드레만드레 취해 집으로 돌아왔다. 그 화풀이로 마당에서 친구들과 자치기를 하는 영구를 지겟작대기로 무작스럽게 팼는데, 그 이유가 걸작이었다.

학생이 공부는 하지 않고 옆집 할망구 동태눈깔을 빼 집안 망치려고 자치기를 하느냐, 네놈은 더러운 세상에 뭘 먹을 게 있어 악착같이 태어났느냐, 다 큰 자식이 눈깔이 새빨갛게 놀기만 하니 집안이 뭐가 되느냐, 하고 생트집을 잡으며 지겟작대기가 부러질 때까지 영구를 팼다.

그렇게 실컷 매를 맞고 난 영구는 마루 아래에서 제초제 병을 꺼내 벌컥벌컥 마시고 이 세상을 미련 없이 떠나버렸다. 어른들이 비눗물을 풀어 입을 벌리고 강제로 안으로 집어넣었지만 소용이 없었다. 농약을 마시면 살아날 가능성이 있지만 제초제를 마시면 죽을 수밖에 없었다. 영구는 겁을 주기 위해 제초제를 조금 마신 게 아니라 죽기 위해 한 병을 다 마셨다.

어머니 심부름으로 아랫마을 가겟방에 막걸리4를 사러 갔다 오다가 나는 그 광경을 목격하고 말았다. 지금도 영구 아버지를 보기만 하면 그때 일이 생각나 화가 치솟을 정도였다.

"얘, 누가 널 잡아먹니? 좀 천천히 걸어라."

산을 타는 데에 익숙하지 못한 순아가 나를 쫓아오느라고 헉헉대었다. 나는 걸음을 멈추고 뒤돌아보았다. 힘이 드는지 불만을 토해내는 순아를 보니 기분이 좋아졌다. 오뉴월 개처럼 헛바닥을 길게 빼물고 올라오는 순아에게 "도꼬! 도꼬! 어서 온." 하고 손짓까지 하며 놀려주었다. 순아가 내 앞으로 다가오더니 땅바닥에 털썩 주저앉았다.

"누나 말 안 들으면 그냥 집에 간다."

"헤헤, 가고 싶으면 가."

"내 말을 안 들으면 낼 학교 가서 소문낼 거다. 웅딕이는 맨날 아줌마처럼 다래끼 메고 나물 뜯으러 다닌다고."

"누가 그런 소문에 겁낼 줄 알아?"

나는 아무렇지 않은 듯이 말했다. 하지만 속으로는 여간 걱정이 되지 않았다.

"어머, 여기 고사리가 많네. 웅딕아, 우리 싸우지 말고 여기서 고사리 꺾자."

순아가 고사리 밑동을 톡 꺾어 들고 킁킁 냄새를 맡으며
말했다.

"연약한 여자가 사정하는데 할 수 없지, 뭐."

나는 생색을 내듯이 말했다.

"어쭈, 웅딕이가 그런 소리도 다 할 줄을 아네."

입심이 나보다 몇 곱절 좋은 순아를 마주보고 있다간 나
만 또 억울하게 당하고 열 오를 게 뻔했다. 나는 입을 다물고
고사리를 꺾기 시작했다. 양지와는 달리 웅달 고사리5는 줄
기가 매우 연해 밑동까지 바짝 꺾어도 먹을 수 있었다. 웅달
고사리를 꺾고 있노라면 시간 가는 줄 모를 정도였다.

순아는 아직 숨이 차는지 내 얼굴을 말똥말똥 보았다. 내
얼굴에 코딱지나 고추장 묻은 밥알이라도 붙은 모양이었다.
계속 그렇게 나를 보던 순아가 갑자기 깔깔대기 시작했다.
손바닥으로 얼른 얼굴을 쓱 문질러 보았다. 코딱지나 고추장
묻은 밥알은 묻어나지 않았다.

순아가 조용한 산속에서 깔깔대자 간담이 다 서늘해지는
느낌이었다. 백년 묵은 여우가 둔갑을 하기 전에 우선 내 혼
을 홀랑 빼앗으려고 저다지도 호들갑스레 깔깔대는 것일지

모른다는 생각이 들었다. 아니면 내 뒤를 쫓아오다가 이상한 풀을 먹고 잘못되어 깔깔대는 것일지 몰랐다. 그렇다면 그건 내 책임이 아니었다.

"너 갑자기 미쳤니?"

아무래도 이상한 것 같아 한마디 하지 않을 수 없었다. 그래도 순아는 계속 깔깔댈 뿐이었다.

"산에서 아무 풀이나 뜯어먹으면 안 돼. 봄에 진달래꽃은 먹을 수 있지만 철쭉꽃은 먹으면 안 돼. 나뭇잎이나 풀도 사람에게 괜찮은 것이 있고 독이 있는 것이 있거든. 순아처럼 겉이 화려한 독버섯을 먹으면 죽을 수 있어. 미치광이풀을 잘못 먹으면 미칠 수도 있어. 염려가 되어 알려주었으니 나중에 내 원망은 하지 마. 뭘 잘못 먹고 깔깔대는 모양인데 조심해야지."

"남자 자식이 다래끼 메고 나물 뜯는 걸 보니 웃음이 나오잖아."

젠장, 순아의 꾐에 빠져 나물을 뜯으러 왔다가 결국 놀림거리가 되고 말았다. 나는 순아가 쫓아오든 말든 고사리를 꺾으며 능선 쪽으로 향했다. 그제야 순아는 웃음을 멈추고 고사리를 꺾으며 내 뒤를 쫓아왔다.

앙증맞은 아기 손처럼 꼬불꼬불 어린잎을 말아 땅속을 헤집고 나온 지 며칠 지나지 않은 고사리를 보고 있으면 기분이 흐뭇해졌다. 부피만 많고 무게는 별로 나가지 않는 여느 나물과 달리 고사리와 고비는 실속이 있는 나물이었다. 삶아 말려서 팔면 수입이 괜찮은 편이었다. 나는 고사리를 팔아 용돈으로 썼다.

나는 산골에 살고 있지만 언제나 주머니에 용돈이 풍족한 학생이었다. 산과 들에는 돈이 될 만한 것들이 수두룩했다. 겨울에는 인동덩굴을 베거나 참나무 가지에 기생하는 겨우살이[6]를 뜯어와 한약방 할아버지에게 주면 돈이 되었다. 봄에는 산더덕을 캐면 그것도 내 주머니를 두둑하게 채워 주었다. 여름에는 산도라지[7]를 캐면 돈이 되었다. 소나무 열매인 솔방울도 돈이었고, 가을에는 논에서 메뚜기를 잡아 팔기도 했다. 산초나무 열매를 따면 돈이 되었다. 참나무 숲에서 영지를 따면 역시 돈이 되었다. 산과 들은 내 절친한 친구이면서 은행인 셈이었다. 올해도 고사리를 꺾어 용돈을 마련해야 하는데 순아 때문에 걱정이었다. 순아 몰래 무얼 한다는 게 그리 쉽지가 않았다.

나는 순아와 함께 온 것도 잊고 정신없이 고사리를 꺾었다. 갑자기 뒤에서 노랫소리가 들려왔다. 산속에서 웬 음악일까? 그제야 나는 순아와 함께 온 것을 기억해내고 고사리 꺾던 손을 멈추고 낙엽 위에 앉아 음악 감상을 했다. 무대는 산속, 가수는 순아, 관객은 수준 낮은 나 혼자였다.

시골 중학교에서 피아노를 피아니스트처럼 연주할 수 있는 학생은 순아뿐이었다. 게다가 목소리도 고왔다. 순아는 때때로 춤을 추면서 노래를 부르기도 했다. 저음은 물론 고음까지 골고루 소화할 수 있는 목소리였다. 이러니 선생님의 사랑을 받지 않을 수 있겠는가. 특히 총각인 담임선생은 순아에게 완전히 빠져버린 것 같았다. 한마디로 순아는 나와는 차원이 다른 학생이었다.

순아의 노래를 듣고 있으니까 기분이 이상해졌다. 순아가 바로 구미호일지 모른다는 생각이 뇌리를 스치고 지나갔다. 정신을 바짝 차리지 않으면 구미호에게 어떻게 될지 모른다는 생각이 들었다. 허벅지를 꼬집어 보았다. 꿈을 꾸고 있는 것은 아니었다. 그런데 나는 애간장을 다 녹이고 말 것만 같은 고운 노랫소리에 취해 정신이 몽롱해지는 느낌이었다.

이른 봄 흐드러지게 핀 진달래꽃[8] 사이에 숨어 있다가 어린이의 간을 빼먹는다는 문둥이. 구미호는 그런 문둥이보다

81

한결 무섭고 교활한 존재일 것이다. 정신을 차리려고 주먹을 단단히 쥐어 퉁퉁 소리가 나도록 머리를 쥐어박아 보았다. 그제야 구미호 노랫소리가 그치고 나는 어느 정도 정신이 들었다. 하지만 내 마음을 온통 휘저어 놓은 그 노랫소리는 잔잔한 울림으로 귓가에서 감미롭게 맴돌았다.

나는 그 선율을 지우려고 고개를 좌우로 흔들어 보았다. 그래도 그 선율은 여전히 나의 마음을 사로잡았다. 작은 돌을 집어 순아에게 휙 던져 보았다. 그러자 구미호는 온데간데없이 어디로 사라지고 순아의 모습이 보였다. 순아가 나를 홀리려고 노래를 부른 것 같았다. 그 정도 유혹에 넘어갈 만큼 나는 호락호락한 인간이 아니었다. 나는 다시 고사리를 꺾기 시작했다.

"웅덕아, 누나랑 얘기하면서 고사릴 꺾자. 아무리 시골 애라도 그렇지 너무 무뚝뚝하면 어디다 쓰니? 그러니 학교에 가서 여자 친구 하나 못 사귀는 거야."

"너 땜에 못 사귄다. 왜 내 짝이 되어 온종일 감시냐?"

"웅덕이가 망가질까 봐 이 누나가 보호하는 거지, 뭐. 머리에 피도 안 마른 게 벌써부터 여자나 꿰차고 다니면 너네 엄마가 얼마나 속상하시겠니?"

"아이고, 눈물이 나오도록 고맙구나!"

가만히 생각해 보면 순아 말이 아주 그르다고 할 수도 없었다. 원래 나는 여학생에게 무뚝뚝하게 대해 주는 편이었다. 속마음과는 달리 겉으로 드러나는 말씨와 행동은 무뚝뚝했다.

내일부터 계집애들에게 바람둥이처럼 친절하게 굴리라고 속으로 다짐했다. 냄새나지 않도록 신발도 자주 빨아 신고 학생복도 반질반질 윤이 나도록 다려 입을 생각이었다. 햇살이 눈부신 아침, 번데기 껍질을 벗고 세상으로 나오는 배추흰나비[9]처럼 변신을 하고 싶었다. 그러면 나도 괜찮은 남자로 보일 가능성이 조금은 있었다. 몸매와 얼굴이 제법 뛰어난 순덕이를 비롯한 서너 명의 계집애가 나를 좋아하면 순아의 높은 콧대를 납작 눌러줄 수 있을 것 같았다. 그런 생각을 하니 기분이 좋아졌다.

베짱이처럼 노래를 부르던 순아가 내 곁으로 다가왔다. 내가 얼마큼 고사리를 꺾었는지 확인하더니 입을 쩍 벌리며 놀란 표정을 지었다. 나는 벌써 다래끼 반이 넘게 채웠는데, 순아는 아직 바닥도 채우지 못했다.

"역시 웅덕이는 나물 뜯는 데 알아주는 선수구나! 누나에게 좀 줄래?"

"남 고사리 꺾을 때 노래나 부르다가 염치없이 손을 내밀다니."

"치사하게 그깟 고사리 갖고 뽐내긴. 나도 뜯으면 되지, 뭐."

"그래, 지금부터라도 부지런히 뜯어."

골짜기로 내려가 나물을 뜯으려고 잣나무에 등을 기대고 앉아 좀 쉬었다. 순아가 고사리를 열심히 꺾기 시작했다. 고사리를 꺾다가 고개를 들어 나를 할금할금 보면서 소리 없이 웃었다. 호젓한 산속에 단둘이 있음에도 불구하고 순아의 모습을 보기가 몹시 쑥스러웠다. 순아와 눈길이 마주치면 무슨 죄라도 진 듯이 고개를 푹 숙였다. 그리고 얼른 다른 걸 하는 체했다. 잔대 잎사귀를 뜯어 다래끼에 넣고 그 뿌리를 캐는 시늉을 했다.

도대체 순아는 청바지가 몇 개나 되는지 알 수가 없었다. 매일 다른 청바지를 입을 정도로 많았다. 그것도 하나같이 몸에 꼭 끼는 청바지뿐이었다. 하루 이틀도 아니고 매일 보는데도 나는 언제나 순아의 차림새에 당황했다.

워낙 몸매가 고운 순아라서 항상 걱정이 되었다. 이 세상

모든 남자가 나처럼 순진하고 어수룩하진 않을 것이다. 나 같은 놈을 만났기에 망정이지 다른 남자를 만났으면 순아는 벌써 아랫마을 순덕이처럼 남몰래 산부인과에 다녔을지 몰랐다.

순덕이는 산부인과에 드나든 경험이 있는 계집애였다. 한마디로 문제가 많은 여학생이었다. 그럼에도 불구하고 내가 꼴찌를 한다고 나를 우습게 여겼다. 순덕이뿐만이 아니었다. 3학년 여학생 중에 그런 계집애가 두 명이나 더 있었다. 이런 걸 보면 세상 종말이 그리 멀지 않은 것 같다는 생각이 들었다.

내가 보기에 학교에서 가장 위험한 인물은 바로 담임선생이었다. 노총각인 담임선생이 순아를 보는 눈길이 아무래도 수상쩍었다. 왕사마귀가 징그러운 모습으로 맛있는 먹이에게 접근하듯 담임선생이 순아를 대하는 태도가 이상했다. 담임선생은 토요일만 되면 순아에게 춘천 구경을 시켜 주겠다고 온갖 달콤한 말로 유혹했다. 하지만 순아는 보통내기가 아니었다. 담임선생의 속마음을 정확히 읽고 요리조리 핑계를 대어 그 유혹을 뿌리쳤다.

"선생님이 날 좋아하는 것 같지 않니? 주책이야, 정말."

순아는, 담임선생이 징그럽게 굴어 싫다고 솔직하게 말해 주었다. 아주 재수가 없다는 거였다.

하지만 나는 순아 말을 곧이곧대로 믿진 않았다. 여자 말을 곧이곧대로 믿었다간 큰코다친다고 아버지가 언젠가 말씀해 주셨기 때문이었다. 아버지의 강력한 주장에 의하면 여자는 누구 할 것 없이 여우였다. 아버지 주장대로라면 윗집 할머니도 여우였고 어머니도 여우였다. 두말할 나위 없이 순아도 여우였다. 여우 중에서도 가장 교활한 불여우였다. 나는 아버지의 말씀에 어느 정도 일리가 있다고 생각했다.

담임선생뿐만이 아니라 학교 주변 총각이며 고등학교에 다니는 형들까지 순아를 보면 가만있지 않았다. 입맛을 쩝쩝 다시며 노골적인 몸짓과 말로 순아에게 집적대었다.

"햐, 역시 서울물 먹은 계집애가 확실히 다르구나. 영덕아, 니 애인 아니면 좀 따로따로 다녀라. 영덕아, 뭐 먹고 싶은 거 없니? 떡볶이 사줄까?"

나는 상대편을 단 한 방에 보낼 수 있는 주먹심을 지닌 남자였다. 형들도 그걸 잘 알고 있었다. 그래서 욕정 어린 눈으로 순아를 훑어보면서도 감히 어쩌지를 못했다.

순아는 내가 보디가드 노릇을 하는 걸 전혀 인정해 주지 않았다. 오히려 순아가 내 보디가드 노릇을 한다고 우겨대었다. 날라리 계집애들에게 유혹당하지 않도록 나를 지키고 있다는 것이었다. 그런 공을 알아주지 않아도 상관없었다. 가끔 날카로운 손톱으로 내 목덜미를 하비지만 않으면 더 이상 바랄 것이 없었다.

"난 나물 뜯으러 골짜기로 내려갈게."

나는 다래끼를 메고 골짜기로 내려가기 시작했다. 비탈진 내리막길이라 금방 쫓아온 순아가 내 허리띠를 잡고 늘어졌다.

골짜기는 여러 가지 나물로 가득했다. 순아는 어떤 풀이 나물인지 어떤 풀이 독초인지 모르므로 내 곁을 그림자처럼 따라다녔다. 내가 나물을 뜯으려고 하면 소가 뜸베질[10]을 하듯 내 머리를 받으며 나물을 뜯어 가지려고 했다. 양심이라곤 조금도 없는 인간이었다. 화가 나서 먹지 못하는 풀을 뜯는 체했다. 그러자 순아가 얼른 내 곁으로 오더니 이마로 내 얼굴을 쿵쿵 받으며 그 풀을 열심히 뜯었다.

"나물 중에서 이게 가장 맛있는 거야."

"웅덕이는 왜 안 뜯니?"

"보다시피 다래끼가 다 차서 어디다 담냐? 엄마 치마를 입고 왔으면 거기다 담아도 되는데.”

“엄마 치마 입고 나물 뜯으러 다녔구나!”

“아, 아니!”

“우리 다음주 일요일에도 나물 뜯으러 오자. 치마 입고 나물 뜯는 거 사진 찍어줄게.”

계속 놀림거리가 되느니 얼른 그 자리를 뜨는 게 현명했다. 나는 찔레나무[11]와 다래나무가 우거진 샘터로 자리를 옮겼다. 아니, 급히 피신을 한 것이나 다름없었다. 땅에 다래끼를 내려놓고 샘터에서 배가 부르도록 물을 마셨다. 얼마 후에 순아가 어깨에 다래끼를 메고 낑낑대며 샘터로 왔다.

“야, 나물 많이 뜯었구나. 내 나물과 바꿀래?”

순아가 내 마음을 훤히 꿰뚫어보고 있는 것 같았다. 마음이 조마조마해서 선수를 쳤다.

“힘들게 뜯은 걸 왜 너한테 주니?”

“그래, 너 욕심쟁인 거 다 알고 있어.”

“아이고, 허리야. 애를 서넛 빼고 보니 일 좀 하면 허리가 시큰시큰 아프구나!”

순아가 내 앞에 앉으며 아줌마처럼 말했다.

“남편은 죽었니?”

"죽긴 왜 죽어, 쌩쌩하게 살아 있지."

"밤마다 서울로 전화 거는 게 바로 남편 때문이구나."

"그래! 왜 질투 나니?"

"한번 원창고개로 놀러오라고 해. 순아를 안 데려가면 뒈지게 패줄 테니까!"

"상대도 안 되는 게 까불고 있어."

"남편이 학생이냐?"

"그 오빠는 고등학교 일학년 학생이야!"

"나도 정상적으로 학교 다녔으면 지금 고등학교 일학년 학생이거든. 그 자식은 오빠인데 난 왜 응딕이냐? 그 자식한테 전화 오면 원창고개 불곰이 좀 보잔다고 전해줘."

"기가 막혀 웃음이 다 나온다. 원창고개 불개미가 보잔다고 전해줄게."

순아가 주먹으로 내 머리를 때렸다.

"왜 때려?"

"응딕이는 내 동생이잖아. 성질나면 내 머리 때려봐."

나는 순아 머리를 때릴 자신이 없었다. 한껏 용기를 내어 그랬다간 본전도 못 찾고 말 것이다. 날카로운 손톱으로 내 목덜미를 하벼 피가 줄줄 흐르도록 만들 테니, 그저 꾹꾹 참는 게 상책이었다. 내 목덜미는 좀 아물 만하면 순아 손톱에 긁혀 피가 흐르기 일쑤였다.

"웅딕아, 이 물 마셔도 되니?"

순아가 물었다.

"남자는 마셔도 되는데, 여잔 샘물을 마시면 위험해."

"왜?"

"뱀이 알 깐 물을 마시면 뱀 새끼 낳는대."

"뭐, 뱀을 낳는다고?"

"순아가 뱀 새낄 낳는 건 좋은데, 그걸 나보고 봐달라고 하면 골이 아프거든."

"병신아, 사람이 어떻게 뱀을 낳니?"

"순아 할머니가 바로 이 자리에서 그런 말씀을 하셨어. 따지고 싶으면 할머니한테 가서 자세히 따져봐. 혹시 할머니가 그런 물을 마시고 순아 엄마를 낳았는지 모르지. 겉은 사람인데 속은 독사처럼 독한 사람 말이야. 그래서 그게 대대로 내려오는 게 아닐까?"

"그러니까 내가 독사 새끼라 그 말이지?"

"그럴지도 모르지, 뭐."

갑자기 순아가 주먹으로 내 뺨을 퍽 소리가 나게 갈겼다.

"왜 때려?"

"내가 뱀 새끼라며?"

나는 계집애에게 이렇게 맞으며 세상을 살아야 하는가 하는 생각이 들었다. 엉엉 울고 싶은 심정이었다. 하지만 눈물을 보이면 더 얕볼 테니, 이를 으물고 가만히 앉아 있을 수밖에 없었다.

"어디 물맛 좀 보자. 산삼 썩은 물일지 몰라."

순아가 두 손을 땅에 짚고 엉덩이를 들고 고개를 숙여 꽤 많은 샘물을 마셨다. 그리고 물기가 없는 응달에 앉아 나를 말끄러미 보았다. 산을 타면서 나물을 뜯느라고 좀 지친 듯한 표정이었다. 내가 왜 순아와 함께 나물을 뜯으러 와서 뺨까지 맞는지 후회가 되었다. 새처럼 날개가 있다면 순아를 배나무골에 내버려두고 훨훨 날아갈 텐데. 하지만 후회해도 이미 소용없는 일이었다.

나는 그만 자리에서 일어났다. 응덩이 물로 세수하고 돌멩이를 들어내 보았다. 돌멩이를 들어낼 때마다 가재[12]가 한두 마리씩 나왔다. 가재를 잡는 족족 나뭇가지에 꿰었다. 굴로 들어간 가재까지 잡으니까 스무 마리쯤 되었다.

"어머, 무슨 가재가 이렇게 많니?"

순아가 물었다.

"내가 잡으니까 이만큼 잡지, 순아가 잡으면 한 마리도 못 잡는다."

"가재를 다 먹다니. 웅딕이는 먹을 게 그렇게도 없니?"

"그래, 없다!"

가재의 고소한 맛은 별미였다. 장작불에 노르스름하게 구워 아작아작 씹어 먹으면 맛이 그만이었다. 막장을 풀고 파를 듬성듬성 썰어 넣어 국을 끓여도 그 맛이 구수하고 시원해서 일품요리였다. 겨울철 아궁이에 불을 때다가 나뭇가지에 붙은 노랑쐐기나방의 고치를 터뜨려 그 안에 든 애벌레를 구워 먹을 때보다 한결 고소하고 맛이 좋았다.

"웅딕아, 가재 살려주자."

"왜?"

"불쌍하잖아."

순아가 가재를 살려주자고 치근대었다. 나는 귀먹은 듯이 못 들은 체했다. 가재를 잡는 족족 나뭇가지에 꿰었더니 심술이 난 모양이었다. 웅덩이에서 잡은 가재를 나뭇가지에 꿰려는데 순아가 그걸 잽싸게 낚아채었다. 그러더니 아파 죽겠다고 발을 동동 구르며 가재 집게발에 물린 손을 내 앞으로 쑥 내밀었다.

"으흐흐, 나 좀 살려줘."

"그게 그렇게 아프냐?"

"아아아, 빨리빨리 이걸 떼어줘."

"정말 아픈가 보구나."

나는 순아 손가락을 물은 가재를 떼어주었다. 웃음이 나왔지만 아랫배에 잔뜩 힘을 주고 참았다. 남이 아플 때에 웃는 것은 예의가 아니었다.

"이게 뭐가 아프다고 그러니, 원."

순아 손가락을 물었던 그 가재로 내 손가락을 물게 했다. 그리고 아무렇지 않은 듯이 말했다. 실은 손가락이 떨어질 듯이 아프지만 순아에게 내 늠름한 모습을 보여주고 싶었다. 그렇게 함으로써 순아의 높은 콧대를 납작하게 눌러줄 속셈이었다.

"병신아, 아프면서 꾹꾹 참는 걸 내가 모를 줄 알아?"

병신이라는 말에 화가 치솟아 나는 가재를 땅바닥에 팽개쳤다. 이럴 때에는 그저 독한 술이 약일 것이다.

"이놈의 가재를 구워 소주나 한잔하든지 해야지, 원."

"소주라고? 으흥, 알았다!"

"알긴 뭘 알아. 에이, 더럽다 더러워!"

"머리에 피도 안 마른 것이 소주를 마시니 매번 시험을 보면 꼴찌를 하지. 웅딕이 엄마한테 일러줘야지. 아하, 저게 다 웅딕이가 마신 술병이구나!"

나물을 뜯는 사람들이 샘터에서 쉬면서 마신 걸로 짐작되는 빈 술병이 찔레나무 아래에 있었다. 순아가 눈을 가느스름하게 뜨고 술병과 내 얼굴을 갈마보며 고개를 갸웃거렸다. 훤한 대낮에 생사람을 잡으려고 하는 순아가 내 눈에는 불여우처럼 보였다.

만일 내가 이곳에 와서 소주를 마셨다고 부모에게 말하면 그 순간부터 끝장이었다. 고지식한 두 분은 그 말을 아무 의심도 없이 곧이곧대로 믿어버릴 것이다. 다른 건 몰라도 이런 것까지 눈감아줄 부모가 아니었다.

나는 더 이상 참을 수 없었다. 하늘 높은 줄 모르고 마구 날뛰는 순아를 실컷 때려주고 싶었다. 아니면 무섭게 위협해서 내 말이라면 고분고분히 따르도록 만들어야 직성이 풀릴 것 같았다. 배나무골에 단둘이 있다는 것은 다시없는 절호의 기회였다. 순아가 엉엉 울고 고래고래 소리를 질러도 누가 달려올 사람이 없으니 말이다.

하지만 워낙 맘이 여린 나로서는 순아에게 함부로 덤빌 수 없는 일이었다. 어설프게 덤볐다간 오히려 내가 당할 뿐이었다. 고양이 발톱 같은 손톱으로 내 얼굴을 확 긁어놓으면 보통 망신이 아니었다. 반창고를 떡 붙이고 학교에 가느니 차라리 순아에게 덤비지 않는 게 나았다.

"소주 몇 병 마실 수 있니?"

"……."

"술을 마시니 보나마나 담배는 기본으로 하겠군. 서울 애들은 술담배는 물론 별의별 짓을 다 하는데, 웅딕이는 그것에 비하면 아무것도 아니지, 뭐. 그러니 이 누나한테 솔직히 말해봐."

"……."

"독한 담배를 피우니 매번 꼴찌만 하지. 장래를 생각해서 곳간 잎담배는 그만 피워라."

"내가 술을 마시는지 담배를 피우는지 니가 언제 봤다고 넘겨짚는 거야?"

"아랫마을에만 갔다 오면 담배 냄새가 솔솔 나던데."

순아가 내 눈치를 살폈다.

"니 코는 알아주는 개코냐?"

"그래, 알아주는 개코다!"

아직 나는 담배를 피운 적이 없는 남자였다. 다만 아랫마을 친구들이 담배[13]와 잎담배의 차이에 대해 말할 때에 "담배는 노랗게 말린 잎담배가 최고야. 노란 잎담배는 다 수출하고 질이 나쁜 잎담배로 국산 담배를 만든다는 소문이 있잖아. 잎담배만 피우다 보니 비싼 담배는 싱거워 피울 수가 있어야지. 나는 잎담배 체질이라서 너희들처럼 싱거운 담배는 피우라고 해도 못 피운다." 하고 말했다. 그때부터 나는 옛날 어른들처럼 이빨이 누렇도록 잎담배를 피우는 골초로 널리 소문이 났다.

만일 순아가 그 소문을 친구들에게 들어 알고 있다면 예삿일이 아니었다. 사건이었다. 우리 부모는 순아가 팥으로 메주를 쑨다고 해도 곧이곧대로 믿는 한심한 분이었다. 물론 내가 팥으로 메주를 쑨다고 하면 정신이 완전히 나간 놈이라고 욕을 퍼부을 것이다. 어떤 때는 순아가 우리 부모의 자식이고, 나는 다리 밑에서 주워온 천덕꾸러기처럼 느껴지기도 했다. 빌어먹을 일이었다. 순아가 원창고개로 내려온 다음부터 나는 졸지에 끈 떨어진 뒤웅박 신세로 전락하고 말았다.

"마지막으로 경고하겠어. 다시는 그런 소리 입 밖에 내지 마.”

나는 화난 목소리로 말했다.

“담배 말고 뭔가 찔리는 데가 있구나!”

순아가 약올리듯이 혀를 날름 내밀었다.

“그래서?”

“그러기에 누나한테 까불지 말고 고분고분히 굴란 말이야. 말 안 들으면 너네 엄마 아빠한테 일러줄 수도 있어.”

“죽고 싶으면 무슨 말인들 못할까.”

“전화 한 통화면 그날로 친구들이 내려와 응딩이를 코가 납작하게 뭉개놓고 올라갈 수도 있어. 맞고 싶지 않으면 누나에게 잘 보여. 처음엔 누나가 묻는 말에 대답도 못하고 쩔쩔매던 게 이젠 제법이야.”

그 말대로 처음에는 몹시 부끄럽고 가슴이 콩닥거려 한마디 말도 제대로 하지 못했다. 그저 새색시처럼 다소곳이 고개를 숙이고 앉아 있었을 뿐이었다. 순아가 눈이 부시도록 너무 예뻐 기가 꺾이는 바람에 병신처럼 쪼이고 꼬집힘과 하빔을 당하며 죽어지내게 되었다.

이제라도 내 본래 모습을 되찾고 싶었다. 나는 상대편을 한 방에 보낼 수 있는 주먹심을 지닌 남자였다. 그런데 매일 순아에게 주눅 들어 바보처럼 당하는 것은 내가 너무 순진하기 때문이라고 생각되었다. 나는 더 이상 순진한 남자가 되고 싶지 않았다. 무섭고 늠름한 남자로 행세하고 싶었다.

하늘 높은 줄 모르고 마구 날뛰는 순아의 콧대를 납작하게 눌러줄 기회를 나는 밤낮으로 노리고 있었다. 지금이야말로 그 기회임에 틀림없었다. 순아 입에서 오빠 소리가 나올 때까지 마구 때리는 게 가장 신나고 좋은 방법이었다. 하지만 그 방법은 몸에 상처가 나서 나중에 들통날 것 같았다.

말싸움을 해본들 나만 당할 것 같고, 웅덩이에 빠뜨려 물을 먹이기에는 물이 너무 적고…… 순아의 콧대를 꺾을 온갖 궁리를 해보았지만 뾰족한 방법이 떠오르지 않았다. 보잘것없는 곤충에 지나지 않는 나나니도 자기보다 몸집이 큰 벌레를 잡아먹었다. 그런데 나는 순아보다 키도 크고 힘이 세면서도 그 높은 콧대를 납작하게 눌러주지 못했다. 정말 한심한 일이었다.

"웅딕아, 덥지 않니?"

"더워."

"우리 등목할래? 웅딕이는 겨울이고 여름이고 목욕하는 걸 못 봤으니 때가 죽죽 밀리겠지."

"나는 달밤에 목욕하는 남자야."

"원시인과 매일 붙어사니 가끔 내 몸이 근질거리지."

몸이 가려운 것은 누렁이 때문이었다. 그런데 순아는 그걸 내 탓으로 돌렸다. 아주 못된 계집애였다.

"누나 등목 좀 해줘라."

"옷 벗으면 난 그냥 갈 거다."

"응딕인 역시 촌놈이야!"

그 촌놈이란 말에 기분이 몹시 상했다. 나는 양미간을 찌푸리고 싸리나무 잎을 뜯어 잘근잘근 씹었다. 풀무치가 억새[14] 잎에 앉아 나를 빤히 바라보고 있었다. 풀무치가 나를 바라보며 모자란 녀석이라고 비웃고 있는 것 같았다.

그런 말을 함부로 하는 순아 입에서 오빠 소리가 나오게 하는 방법은 없을까? 그때 풀숲에서 무언가 바스락거리는 소리가 들렸다. 나는 귀를 쫑긋 세우고 소리가 나는 쪽으로 귀를 기울였다. 그 소리는 잠시 그쳤다가 다시 들리기 시작했다. 얼마 후에 느린 동작으로 풀잎을 스치는 소리가 들렸다. 뱀이었다. 나는 소리만 듣고 뱀이 움직이는지 쥐가 움직이는지 정확히 알 수가 있었다.

아니나 다를까, 풀잎 사이로 뱀의 꼬리가 보였다. 독이 없는 능구렁이였다. 나는 소리 없이 일어나 뱀을 향해 조심조심 다가갔다. 땅꾼처럼 매우 빠르고 익숙한 동작으로 뱀의 꼬리를 낚아채었다.

"으악!"

순아가 비명을 지르며 손으로 입을 막고 벌벌 떨었다.

옳거니, 계집애가 뱀을 몹시 무서워하는구나!

잔뜩 겁먹은 순아를 보면서 나는 쾌재를 불렀다. 속으로 만세를 힘차게 세 번이나 외쳤다. 능구렁이 꼬리를 잡고 빙글빙글 돌리며 순아에게로 천천히 다가갔다. 순아가 창백한 얼굴을 하고 다래나무 밑으로 가재처럼 뒷걸음질쳤다. 일단 순아를 안심시킨 다음 기습 공격을 하려고 능구렁이를 땅에 내려놓았다.

능구렁이는 어지럼증 때문에 전혀 움직이지 않았다. 그제야 순아가 앉은걸음으로 다래나무 밑에서 나왔다. 뽀드득뽀드득 이를 갈면서 기다리고 기다린 보람이 있었다. 비로소 순아 콧대를 꺾을 절호의 기회를 잡은 것이었다. 새파랗게 질린 표정으로 내 눈치를 살피는 순아를 보자 나도 모르게 웃음이 터져 나왔다.

"어디 쑥 들어간 곳이 있으면 말해봐. 불룩 튀어나오게 해줄게."

"웅딕아, 그것 빨리 치워."

"허벅지를 물게 해줄까, 엉덩이를 물게 해줄까?"

"너 갑자기 미쳤니?"

순아가 짐짓 태연한 표정을 지으며 말했다.

"나를 오빠라고 불러봐. 그러면 뱀을 치워줄게."

"웅딕이 갑자기 왜 이래? 그 뱀 치우고 점잖게 얘기하자구."

"내가 너보다 한 살 많은 거 알고 있지?"

"호적에 나와 동갑이잖아."

"나이가 줄어 호적에는 그렇지만, 내가 너보다 한 살이 많아. 그러니 오빠라고 불러야지. 원창고개 불곰을 웅딕이라고 부르는 게 잘하는 짓이야?"

"오늘 죽고 싶니?"

역시 순아는 보통 계집애가 아니었다. 뱀을 무서워하면서도 쉽게 꼬리를 내리지 않았다.

"뱀에 물리고 싶지 않으면 오빠라고 불러봐."

"태권도 유단자한테 이러면 좋을 게 없어."

"너 같은 건 열 명이 한꺼번에 덤벼도 눈 하나 깜짝 안 한다.”

“웅딕아, 뱀을 치워. 그러면 너네 엄마한테 일러주지 않을 게.”

아무래도 말로 해선 안 될 것 같았다. 나는 너무나 기분이 좋아서 한참 동안 흐흐대었다. 그러다가 다시 능구렁이[15] 꼬리를 잡아 순아의 머리 쪽을 향해 휘휘 휘둘렀다.

“으악!”

순아가 날카로운 비명을 지르며 뒤로 벌렁 나가자빠졌다. 일부러 그러는 것 같아서 능구렁이를 순아 목에 살짝 얹어 보았다. 순아는 죽은 듯이 전혀 움직이지 않았다.

나는 예상치 못한 상황에 당황했다. 순아가 무릎을 꿇고 빌 줄만 알았지 이렇게 되리라고는 생각하지 못했다. 나는 그만 능구렁이를 놓치고 말았다. 능구렁이는 땅에 떨어지자마자 잽싸게 도망가 버렸다. 많은 시간을 두고 기다리고 기다리다 겨우 잡은 절호의 기회가 물거품으로 변하는 순간이었다.

순아가 원수처럼 미워 골탕을 먹이려고 그런 짓을 한 것이 결코 아니었다. 말끝마다 웅딕이라 부르지 말고 오빠라고 부를 것, 내 말에 고분고분히 따를 것, 망원경을 내게 선물로 줄 것. 단지 나는 순아에게 세 가지 약속을 받으려고 그랬을 뿐이었다. 그런데 일이 이상하게 꼬이고 말았다. 정말이지 나는 능구렁이로 순아를 이렇게 만들 생각은 전혀 없었다. 그런 말을 꺼내기 전에 순아가 까무러치고 돈으로 바꿀 수 있는 능구렁이마저 놓쳤으니 낭패였다. 일이 이토록 맹랑하게 끝날 줄을 누가 알았겠는가. 엉엉 울고 싶은 심정이었다.

순아의 얼굴은 걱정되리만큼 창백해졌다. 만일 순아가 너무 놀라 심장 마비로 죽었으면 내 삶은 여기서 끝이었다. 매가 꿩[16]을 잡듯이 검사로 재직하고 있는 순아 삼촌이 나를 잡아갈 것이다. 무슨 말이든 해야 하는데 목구멍에서 맴돌 뿐 아무 말도 할 수가 없었다. 나는 큰 죄인이라도 되는 듯이 엉금엉금 기어 순아 앞에 착 꿇어앉지 않을 수 없었다.

어떻게 해야 순아를 살릴 수 있을까? 아무래도 창피함을 무릅쓰고 순아 입을 벌리고 인공호흡을 하는 게 옳다는 생각이 들었다. 순아 입에 내 입을 댄다는 것은 꿈속에서도 상상할 수 없는 일이었다. 하지만 지금 그게 문제가 아니었다. 사람이 사느냐 죽느냐 하는 절박한 순간이었다. 어쩌면 순아는 화려한 모습으로 나를 유혹하는 마귀광대버섯, 붉은사슴뿔버섯, 노란다발버섯 같은 독버섯일지 모른다는 생각이 들었다. 순아의 입에 내 입을 대는 순간 독버섯17의 독이 온몸으로 퍼지는 것은 아닐까 하는 불길한 상상이 뇌리를 스치며 지나갔다.

산속인데도 누가 나를 지켜보지나 않는지 주위를 한 바퀴 살폈다. 어치 서너 마리가 잣나무 가지에 앉아 나를 지켜볼 뿐이었다. 부들부들 떨리는 손으로 순아의 입을 벌렸다. 두 눈을 질끈 감고 내 입을 거기다가 대는 순간 전기에 감전된 듯이 온몸이 찌릿찌릿해졌다. 체육 시간에 배운 그대로 얼마 동안 정신없이 인공호흡을 했다. 얼마의 시간이 흘러갔을까. 정신이 몽롱해지는 느낌이었다. 이러다간 내가 먼저 심장 마비로 갈 것만 같았다.

나는 생강나무18 샛노란 꽃향기에 취한 듯이 정신을 차리지 못했다. 너무 놀란 데다가 인공호흡을 하는 바람에 제정신이 아니었다. 순아가 죽었는지 살았는지 알 수가 없는데 어리뻥뻥히 앉아 있었다. 그러다가 새들이 깔깔대며 웃는 소리에 가까스로 정신이 들었다.

만일 순아가 죽었다면 송장과 입을 맞춘 것이니 한심하기 그지없는 일이었다. 제발 순아가 살아나기를 하나님께 간절히 빌고 또 빌었다. 순아 얼굴을 자세히 보니 다행히 핏기가 도는 것 같았다. 나는 다시 한 번 인공호흡을 하지 않을 수 없었다. 순아가 살아나기만 한다면 인공호흡을 여러 번이 아니라 백 번이라도 할 수밖에 없었다.

순아가 깨어나기를 한참 동안 기다렸지만 아무 움직임이 없었다. 우선 생사를 확인할 필요가 있었다. 조마조마한 마음으로 손목 힘줄에 내 엄지손가락을 대고 지그시 눌러 보았다. 맥박이 정상적으로 뛰고 있었다.

푸우! 하고 안도의 숨을 길게 내쉬었다. 순아가 죽지 않았으니 정말 다행이었다. 너무 놀라 일시적으로 까무러친 것임에 틀림없었다. 하지만 그 맥박만으로는 왠지 마음이 놓이지 않았다. 심장이 뛰는 걸 확인하고 싶었지만 나는 순아의 젖가슴 아래에 손을 댈 용기가 없었다.

한참이 지났는데 순아는 여전히 죽은 듯이 누워 있었다. 그럴수록 내 거친 행동을 뼈저리게 뉘우쳤다. 차라리 순아에게 잡혀 사는 것이 더 편하고 이롭다는 것을 절실하게 느끼고 깨달았다. 나는 눈에 눈물이 글썽한 채로 순아를 하염없이 내려다보았다.

"순아야, 정신 차려. 이렇게 죽으면 처녀귀신밖에 더 되겠어. 처녀귀신이 되면 밤낮 나를 괴롭히겠지."

순아의 어깨를 잡고 세게 흔들어 보았다.

"순아야, 내가 무조건 잘못했다."

맥박이 뛰니 순아가 죽지 않은 것은 분명했다. 그런데 나는 순아가 죽은 것만 같아서 걱정이 되었다. 순아의 어깨를 흔들며 사정하듯 말해도 아무 반응이 없었다.

"누나야! 지금부터 고분고분 말 잘 들을 테니 어서 깨어나라."

나는 너무 걱정을 한 나머지 제정신이 아니었다. 맘에도 없는 헛소리를 하면서 순아의 도톰한 귓불을 쥐흔들어 보았다. 역시 아무 반응이 없었다. 구멍을 세 개씩이나 송송송 뚫은 귀에 피가 통했다. 죽지 않았으니 까무러친 것임에 틀림없었다. 하지만 눈을 뜨기 전에는 순아가 죽었을지 모른다는 일말의 불안감에서 벗어날 수 없었다.

나는 다시 순아의 손목을 잡고 맥박을 재어 보았다. 맥박은 정상적으로 뛰었다. 나는 과감히 손가락으로 콧구멍을 막고 숨을 못 쉬도록 해보았다. 그러자 입이 벙긋 벌어지며 그리로 숨을 쉬었다.

꼭 감겨진 눈을 살며시 벌려 보니 초롱초롱한 눈동자에 웃음기가 어려 있는 것 같았다. 나는 야릇한 표정을 지으며 순아를 내려다보았다. 그러자 순아가 당장 웃음을 터뜨릴 듯한 표정을 지었다. 뭔가 이상한 느낌이었다. 그 눈에다 입김을 호, 호, 하고 불어 보았다. 얼굴에 번지던 미소가 갑자기 뚝 그쳐버렸다. 순아의 연극에 걸려든 것 같은 불길한 느낌이 들었다. 벌린 눈에 침을 떨어뜨리려고 하자 얼굴 근육이 꿈틀꿈틀 움직였다.

나는 순아의 한쪽 눈을 벌려 나를 보게 하고, 다른 손으로 입을 벌린 다음 침을 떨어뜨리려는 시늉을 했다. 이번에도 어김없이 순아의 얼굴이 험상궂게 일그러졌다. 나는 그만 실수로 침 한 방울을 입에 떨어뜨리고 말았다. 그러자 눈꺼풀이 파르르 떨리더니 눈동자에 웃음기가 싹 달아나고 나를 잡아먹을 듯이 무서운 눈길로 쏘아보았다.

"초등학교 때는 순덕이가 나를 죽기 살기로 좋아하더니만, 중학생이 되면서부터 바람이 들었어. 순덕이는 의리가 없어서 싫어. 우리 학교에서 얼굴이며 몸매며 누나를 따라올 여학생은 아무도 없어. 순아 누나가 최고야."

내가 맘에도 없는 헛소리를 지껄여도 아무 반응이 없었다. 나는 다시 헛소리를 하지 않을 수 없었다.

"나는 누나가 이 세상에서 제일 예쁘다고 생각한다. 누나가 제일 좋다! 그러니 어서 일어나라.”

그 소리에 순아가 정신을 차린 모양이었다. 가느다란 웃음소리가 들리기 시작했다. 드디어 까무러쳤던 순아가 깨어나고 있었다. 얼마 후에 순아가 너털웃음을 터뜨렸다.

“에이, 더럽다. 방금 한 말은 새빨간 거짓말이었어.”

나는 얼른 변명하듯이 말했다.

“푸하하…….”

순아가 밝은 얼굴을 하고 웃었다.

나는 속으로 흐느끼지 않을 수 없었다. 너무 속이 상하고 울화통이 터져 주먹으로 내 방정맞은 입을 아프게 퍽퍽 때렸다. 온갖 굴욕을 참아내며 기다리고 기다린 끝에 겨우 잡은 절호의 기회였다. 그 기회가 물거품이 된 것도 억울해 죽을 지경인데 순아를 누나라고 불렀으니 이게 무슨 실수인가. 정말 제정신이 아니었던 모양이었다.

“웅딕이 고개 들어봐.”

순아의 목소리에 힘이 담겨 있었다. 거역하기 힘든 목소리였다. 나는 땅이 꺼지라 한숨을 쉬면서 고개를 들었다.

“그 약속은 지켜야 해.”

“무슨 약속을?”

"날 누나로 부르겠다고 했잖아."

"내가 언제……."

"이게 아직도 정신을 못 차렸나."

순아가 나를 때리려고 주먹을 쥐었다.

"아, 알았어."

나는 순아의 눈치를 살폈다. 순아는 내가 인공호흡을 한 것을 전혀 모르고 있는 것 같았다. 정말 다행이었다.

"앞으로 다시 한 번만 더 뱀을 갖고 장난하면 가만 안 두겠어. 요번 한 번은 너그럽게 용서해 주지만."

순아가 이번 일을 너그럽게 용서해 준다니까 눈물이 나오도록 고맙게 느껴졌다. 이제부터 태도를 바꿔 공손히 굴기로 다짐했다. 될 수 있는 대로 성질을 죽이고 온갖 아양을 떨기로 다짐했다. 죽을 각오로 덤빌 자신이 없는 한 순아 콧대를 꺾을 기회가 다시 올 때까지 기다리는 수밖에 없었다.

"누나야, 배고픈데 이거 먹어."

나는 찔레나무 순을 꺾어 껍질까지 벗겨 순아에게 내밀며 아양을 떨었다.

"정말 먹어도 되는 거야?"

"이거 되게 맛있는 건데."

"웅딩이가 먼저 먹어봐."

내가 찔레나무 순을 맛있게 먹자 순아가 입을 쩍 벌렸다. 나뭇가지에 꿴 가재를 그 입에다 서너 마리 넣어 주고 싶은 충동을 느꼈지만 꾹꾹 참는 수밖에 없었다. 잘못하면 나는 불량 학생으로 낙인찍힐 수도 있었다.

"누나 대신 나물 좀 뜯어주렴."

"호호호."

잡풀이 반도 넘게 들어 있는 다래끼를 보자 웃음이 나왔다.

"왜 기분 나쁘게 누나처럼 웃니?"

"이거 못 먹는 풀인데 왜 뜯었어?"

"아니, 누나를 가지고 놀았잖아."

다래끼에서 잡풀을 골라내며 나는 순아에게 알밤을 맞았다. 다래나무[19] 순을 꺾어 다래끼에 넣어 주었다. 그러자 순아가 내 눈치를 살피더니 못 믿겠다는 표정으로 말했다.

"나무 잎사귀도 나물이야?"

"할머니가 좋아하는 나물이 방가지똥[20]과 질경이[21]와 바로 이거야."

"좋아, 한번 믿어 보겠어."

나는 다래나무 순을 꺾어 순아의 다래끼에 가득 넣어 주었다.

 그전보다 한결 기가 등등해진 순아 때문에 샘터에 있고 싶지가 않았다. 언젠가는 반드시 또 한 번의 기회가 찾아올 것이다. 그때를 위해서 지금은 아무리 화가 나고 자존심이 상해도 꾹꾹 참는 수밖에 없었다. 바로 이 자리에서 순아의 높은 콧대를 납작하게 눌러주고 내 본래의 늠름한 모습을 되찾겠다고 속으로 다짐했다. 나는 어깨에 다래끼를 메었다.

 "이거 봐."

 다래끼를 메고 쫓아오던 순아가 내 허리띠를 잡고 늘어졌다.

 "누나가 업어주고 싶을 정도로 예쁘다고 솔직히 말해봐."

 "난 여자 업을 줄 몰라."

 "웅딕아, 이 누나는 지금 허리도 아프고 다리도 아프고 해서 도저히 걷지를 못하겠구나. 누나를 업고 가든지 아니면 다래끼라도 메고 가렴."

 "나도 힘들어."

 "누나 말 안 들으면 좋을 것 하나도 없어. 뱀과 술담배 사건을 선생님과 너네 엄마 아빠한테 일러바칠 수도 있어. 빵점을 맞는 새대가리지만 내 말뜻을 이해할 수 있겠지?"

111

"글쎄?"

"그 대신 영어 숙제 해줄게."

영어 선생님은 여자인데 남편이 없었다. 이혼했는지 남편이 죽었는지 뒷조사를 해보지 않아 정확히 알 수가 없었다.

선생님은 변덕이 죽 끓듯 했다. 한마디로 아주 골치가 아픈 선생님이었다. 나는 매일 선생님한테 시달림을 받았다. 나는 한 번도 숙제를 한 적이 없었다. 그 대가로 영어 시간이면 좀 피곤했다. 다른 선생님은 나를 아예 거들떠보지 않았는데, 영어 선생님은 달랐다. 물론 공부 쪽으로는 선생님도 나를 일찌감치 포기해버렸다. 그러나 남편이 없는 탓인지 나를 들볶으며 스트레스를 풀려고 하는 것 같았다. 영어 시간만 되면 나는 교탁 바로 옆에다 책상과 의자를 내놓았다. 그렇게 하라고 시키니 그렇게 하는 것이었다.

혼자 앞에 앉아 수업 틈틈이 칠판을 지우고 선생님 어깨까지 주물러 주었다. 그러니까 좋게 말하면 선생님 비서였고, 나쁘게 말하면 불쌍한 노예였다. 선생 노릇을 이십 년 가까이 했어도 빵점을 맞는 돌대가리는 나밖에 없다며 그렇게 들볶았다.

내가 교탁 옆에 앉아 무엇을 하는지 뒤에 앉은 친구들은 잘 알지 못했다. 나는 칠판을 지우고 그 나머지 시간에는 선생님 몸매를 구경했다. 칠판과 가까워 고개를 들고 있으면 목이 아프기 때문이었다. 나는 그렇게 앉아 패션 연구까지 했다. 치마를 입은 날과 바지를 입은 날의 차이를 연구했고, 긴 치마를 입은 날과 짧은 치마를 입은 날의 차이도 연구했다. 꼭 끼는 옷을 입은 날과 헐렁한 옷을 입은 날의 차이를 연구했고, 밝은 색의 옷과 어두운 색의 옷을 입었을 때 성격 변화 따위도 연구했다. 이런 걸 연구해서 보고하면 선생님은 깔깔 웃으며 돌대가리가 엉뚱한 쪽으로 머리가 발달되었다고 칭찬해 주었다.

선생님이 매일 나를 그렇게 들볶는 것만은 아니었다. 한 달에 한두 번은 나를 춘천으로 데려가 영화 구경도 시켜 주고 맛있는 음식도 사주었다. 이건 친구들이 모르는 일급비밀이었다. 미운 정 고운 정이 다 들어 선생님과 나는 흉허물 없는 사이가 되었다. 내가 고등학교에 진학만 하면 선생님 집에서 학교에 다니라고 할 정도였다. 그런 말을 들을 때마다 나는 심각하게 고려해 보겠다고 했다.

나는 매번 꼴찌를 하므로 어느 과목이든 숙제를 하지 않았다. 친구들은 숙제를 하지 않으면 아프게 맞기도 하지만 나는 거기서 제외가 되었다. 그런 내가 숙제를 하면 영어 선생님이 어떤 표정을 지을지 궁금했다.

가만히 생각해 보니 순아 다래끼를 메지 않으면 좋을 것이 없었다. 순아가 집에 도착하자마자 죽는 시늉을 하면서 능구렁이 사건을 자세히 털어놓을지 모르는 일이었다. 그렇게 되면 나는 지겟작대기로 죽도록 얻어맞고 한뎃잠을 자야할 것이다. 일은 그쯤에서 끝나지 않을 것이다. 순아가 할머니에게 한껏 부풀려 고자질할 게 뻔했다.

우리 부모가 순아를 딸처럼 여기는 까닭도 있지만, 순아 할머니 기분을 상하게 하면 더욱 안 되었다. 왜냐하면 우리는 순아 할머니네 땅을 얻어 농사를 짓기 때문이었다. 도지를 싸게 주는 바람에 아버지와 어머니는 순아 할머니를 무척 존경했다. 그렇게 맘씨 좋은 분은 세상에 다시는 없다며 늘 고맙게 여겼다. 이러니 내가 순아 할머니 기분을 상하게 하면 아버지가 결코 가만있지 않을 것이다.

나는 영구가 잠들어 있는 건너편 능선을 올려다보며 지난 일을 뼈저리게 후회했다. 초등학교 시절에 휴학하지 않았더라면 이토록 초라하게 살지는 않을 것이다. 기분 좋게 오빠 대접을 받으며 한껏 거드름을 피울 수 있을 텐데 말이다.

결국 나는 순아 다래끼를 메고 저만치 앞서가다가 걸음을 멈추고 뒤돌아보았다. 순아가 집에 갈 생각은 않고 땅바닥에 털썩 주저앉았다. 따라오든 말든 그냥 가고 싶었지만, 왜 또 저러는가 궁금해서 다래끼를 내려놓고 그리로 가 보았다.

"왜 안 오는 거야?"

"다리에 쥐가 나서 걷지 못하겠어."

"안녕!"

풀잎을 하나 뜯어 물고 막 뒤돌아서는 순간이었다. 순아가 내 등 뒤로 와락 덮치듯 안겼다. 손을 뒤로 돌려 떼어놓으려고 하다가 순아의 훌륭한 엉덩이가 닿는 바람에 포기하고 말았다. 거머리[22]처럼 내게 달라붙어 괴롭히는 순아를 골짜기에 던져버릴 용기가 없었다. 암만 생각해 봐도 나는 너무 착한 게 탈이었다.

나는 다래끼와 순아를 번갈아 바깥마당까지 메고 업고 오지 않으면 안 되었다. 아직 결혼도 하지 않았는데 과년한 딸을 업고 땀을 흘린 내 심정은 뭐라고 형용할 길이 없었다. 한 가지 분명한 사실은 나물 뜯으러 갔다가 백년 묵은 구미호에 홀려 까딱하면 큰일 날 뻔했다는 거였다.

"자가용 타는 것보다 더 좋네!"

"으휴, 으휴."

"왜 누나가 무겁니?"

우리 집 바깥마당에 이르자 순아가 내 등에서 떨어졌다. 나는 패잔병처럼 고개를 떨구고 안마당으로 들어섰다. 순아가 윗집으로 곧장 올라가지 않고 내 뒤를 졸졸졸 따라왔다. 나물을 많이 뜯었다고 어른들에게 자랑하려고 그러는 것임에 틀림없었다.

"영덕이 많이 컸구나!"

처녀가 어머니와 나란히 마루에 앉아 있다가 벌떡 일어나 내 손을 잡았다. 이 여자가 누구인지 몰라 나는 잠시 어리둥절했다. 어디서 많이 본 듯한데 얼른 생각이 나지 않았다.

"누구신지……."

"나를 몰라보는 거야?"

"누나!"

그제야 나는 현자를 알아보았다. 얼굴에 진한 화장을 하고 머리카락을 곱슬곱슬 지진 탓에 얼른 알아보지 못했다. 서쪽 방향 어느 곳에서 값싼 웃음을 팔고 있을 거라며 훌쩍거리던 아랫집 아저씨의 하나밖에 없는 자식이 돌아왔다. 원창고개 주민 모두가 간절히 기다리던 현자가 돌아왔다. 너무 반가워 말문이 막힐 정도였다.

"몇 년 사이에 나보다 더 컸구나!"

현자가 내 머리를 쓰다듬으며 말했다.

"아주 온 거야?"

"영덕이가 너무 보고 싶어서 좀 쉬러 온 거야."

이야기를 나누고 있는데 순아가 이상한 소리를 내더니 내게 눈을 흘기며 뒤란으로 돌아갔다. 갑자기 순아가 왜 저러는지 이상해 뒤란에 가 보았다. 순아가 장독 옆에 잔뜩 부운 얼굴을 하고 서 있었다.

"왜 또 그래?"

순아가 말없이 나를 쏘아보다가 "메롱!" 하고 혓바닥을 쑥 내밀며 다래끼를 냅다 팽개치는 게 아닌가. 그리고 윗집으로 엎어질 듯이 자빠질 듯이 휘우뚱대며 올라가는 것이었다. 송아지[23] 같은 계집애가 왜 저러는지 도무지 알 길이 없었다. 나는 그저 순아의 뒷모습을 아연히 바라보며 고개만 갸웃거릴 뿐이었다.

1_산골 소년의 집에 서울에서 살고 있는 사촌 형이 내려온다. 본인의

말로는 놀러왔다고 하지만, 데모를 하다가 이곳저곳으로 피해 다니는 눈치다. 사촌 형은 산골 소년의 집에서 오래 있을 생각으로 내려왔다가 사흘을 견디지 못하고 다른 곳으로 떠나버린다. 사촌 형이 산골 소년의 밥그릇을 보고 고개를 갸웃한다. "밥그릇에 밥이 꼭 북한산처럼 높군." 그 말을 듣고 산골 소년이 묻는다. "형, 북한산이 남한에 있는 거유? 아니면 북한에 있는 거유?" 사촌 형이 기가 막힌다는 표정을 짓는다. "북한산은 서울을 대표하는 산이야." "맞어, 맞어. 이마가 홀떡 까졌다는 북한산을 말하는 거잖아. 내가 깜박했어. 근데 북한산이 얼마나 낮기에 밥그릇의 밥 수준이야? 서울을 대표하는 산이면 넓고 크고 웅장하고 골짜기가 깊어야 시민들이 와서 놀다가 가지. 안 그래?" 산골 소년은 자신 있는 말투로 말한다. "무식한 사람은 네가 아니라 나구나. 북한산을 고봉밥에 비유한 내가 무식한 서울대 대학생이야."

2_가을이 되면 산골 소년은 잣나무에 올라가 잣을 딴다. 잣값이 좋은 편이어서 산골 소년에게 큰 돈이 된다. 그런 돈은 산골 소년의 어머니가 빼앗아 간다. 마치 매가 새를 채어가듯이. 잣나무에

올라가 잣을 따는 일은 무척이나 위험하다. 아랫마을 어떤 아저씨는 잣나무에서 떨어지면서 척추가 부러져 평생 방에서 누워 지낸다. 잣을 따고 나면 손에 송진이 진득진득 묻는다. 언덕 아름드리 잣나무 꼭대기까지 올라간 산골 소년은 먼 하늘로 마음의 연을 날린다.

3_아랫집에 내려가 보면 털에 윤기가 흐르는 암캐 여남은 마리가 있다. 개는 냄새를 잘 맡는 동물이다. 어떻게 냄새를 맡는지 암캐의 발정 기간에 수캐들이 찾아온다. 바람이 나서 삐쩍 마른 수캐들은 자신들이 도살장에 온 것도 모르고 좋아한다. 아랫집 아저씨는 암캐를 기둥에 매어 놓기 때문에 수캐는 사람이 보든 말든 그곳에서 사랑을 나눌 수밖에 없다. 결혼 비행을 통해 공중에서 여왕개미와 교미를 끝내고 죽는 수개미처럼 목숨을 담보로 마지막 사랑을 한다. 그 사랑이 끝나면 수캐는 아랫집 아저씨에 의해 숨이 끊어진다. 큰 신이 내린 박수가 남의 수캐를 불법으로 잡아먹는다. 산골 소년의 눈에는 아랫집 아저씨가 사기꾼으로밖에 보이지 않는다. 그러나 사기꾼을 사기꾼이라 부를 수 없다. 윗집 할머니와 산골 소년의 부모에게 고기를 나누어 주기 때문이다. 그것은 더러운 뇌물이다. 뇌물을 받지 말라고 말해 보지만 부모는 산골 소년의 말을 듣지 않는다.

4_아랫마을 가겟방 아줌마는 도회지의 여자처럼 약아빠졌다고 소문
난 여자이다. 막걸리를 배달하는 차가 도착해 독에 막걸리를 부으
면 그대로 팔지 않는다. 독에 물을 부어 막걸리를 판다고 어른들은
수군댄다. 물을 부었기 때문에 막걸리 맛이 싱겁다는 불만의 소리
가 높다. 물을 부어 팔아도 어쩔 수 없다. 그곳이 아니면 막걸리를
마실 수 없으므로. 산골 소년은 부모의 심부름으로 주전자에 막걸
리를 사들고 집으로 향하다가 목이 마르면 한 모금 마셔 본다. 특
별한 맛은 없지만 목이 말라 다시 한 모금 마셔 본다. 그리고 마신
양만큼 산골짜기 물을 넣는다, 가겟방 아줌마처럼.

5_산골 소년은 부모에게 용돈을 타지 않는다. 산과 들은 돈이 될 만
한 것으로 가득하다. 약초와 산나물은 돈이 될 수가 있다. 봄에 고
사리를 꺾는 일은 재미있다. 고사리를 삶아 말리면 돈이 된다. 산
나물을 판 돈으로 공책을 사기도 하고 학교 앞에서 과자를 사먹기

도 한다. 원창고개로 내려온
순아는 산골 소년을 졸졸 따
라다닌다. 남자가 나물을 뜯
는 것은 부끄러운 짓이라는
생각이 든다. 하지만 순아
몰래 나물을 뜯기는 어렵다.

인간은 사회적 동물이다. 혼자 사는 세상이 아니므로 남의 눈치를 살펴야 한다. 자존심을 죽이면 그때부터 자유로워질 수 있다. 형식주의와 실용주의 사이에서 갈등을 겪다가 산골 소년은 실용주의 노선을 선택한다.

6_겨우살이과의 상록 기생 관목. 참나무, 밤나무, 자작나무, 팽나무 가지에 기생하여 까치둥지 모양으로 둥글게 자라는 겨우살이는 나무라기보다는 풀에 가까워 보인다. 늦가을, 붉게 변

한 참나무 잎이 떨어지면 겨우살이의 모습이 드러난다. 겨울에도 잎과 줄기가 변하지 않는 겨우살이는 나뭇가지에 뿌리를 박고 살아간다. 땅에 뿌리를 박지 않고 살아가는 겨우살이는 참으로 신비한 기생 관목이다. 겨우살이는 새처럼 하늘을 날아다니고 싶은 것일까.

7_산도라지를 캐기란 쉽지 않은 일이다. 풀과 나무에 가려 잘 보이지 않는다. 산도라지 꽃은 수줍음을 몹시 타는 처녀처럼 곱고 사랑스럽다. 산에 사는 산도라지는 꽃이 피어야만 사람의 눈에 잘 띈다.

그런 여자, 산도라지와 같은 여자는 지금 어디에 살고 있을까. 산골 소년은 산도라지의 꽃을 볼 때마다 한 여자를 생각한다. 산목련의 꽃을 보면서 한 여자를 생각하듯이. 아니, 그것은 여자가 아닐지 모른다. 한 줄의 맑은 시(詩)가 될 수도 있다.

8_산골 소년은 봄마다 다래끼를 들고 진달래꽃을 딴다. 생강나무의 샛노란 꽃이 피고 얼마 후에 연분홍 진달래꽃이 산천을 물들인다. 꽃을 따는 것은 결코 기분이 좋은 일이 아니다. 꽃은 그냥 바라보는 것으로도 기쁘고 행복하다. 어머니의 명령을 따르지 않으면 몸이 피곤해진다. 어쩔 수 없이 진달래꽃을 따야 한다. 어머니는 진달래꽃으로 술을 담가 마시기도 하고, 음식을 만들기도 한다. 산골 소년은 벚꽃을 먹는 다람쥐처럼 진달래꽃을 입에 넣어 우물우물 씹는다. 그리고 김소월의 시를 불러본다. 순아가 서울에서 윗집으로 내려온 후부터 김소월의 시가 바뀐다. 극성맞은 순아 때문에 산골 소년은 많은 자유를 잃고 있다. 산골 소년은 진달래꽃을 따면

서, "나 보기가 역겨워 가실 때에는 말없이 고이 보내드리오리다. 이 산의 진달래꽃 가득 따다가 가시는 걸음 걸음 축복처럼 깔아드리오리다. 나 보기가 역겨워 가실

때에는 기쁨으로 보내드리오리다…."

9_배추밭을 날아다니는 배추흰나비. 산골 소년은 배추흰나비를 보면 이상한 생각이 든다. 죽은 사람의 영혼이 잠시 세상에 내려온 듯싶다.

10_아랫마을 어떤 아저씨는 술에 취하면 몽둥이로 황소를 패는 버릇이 있다. 아저씨는 하루가 멀다고 부부 싸움을 하는데, 그 싸움에서 늘 패배한다. 그러면 스트레스를 풀기 위해 외양간의 황소를 몽둥이로 팬다. 어느 날, 황소는 자신의 주인을 향해 뜸베질하고 발로 짓밟아 죽여 버린다. 동물도 폭력을 싫어한다. 폭력을 사용하는 사람은 폭력으로 망하고, 칼을 쓰는 사람은 칼로 망하는 모양이다.

11_가시가 있는 나무에서 피는 꽃은 더욱 아름답다. 산이나 들에 흔히 나는 찔레나무는 봄에 흰빛 또는 분홍빛 꽃이 피고 가을에는 둥근 열매가 붉게 익는다. 산골 소년은 찔레나무를 좋아한다. "영덕아, 내 새순을 먹어봐. 그러면 살결이 고와지고 혈액순환이 잘되어 건강해지고 오래오래 살아갈 수가 있거든. 어서 먹어봐." 찔레나무가 말한다. 산골 소년은 찔레나무 새순을 많이 먹어서 그런지 정말 살결이 곱다. 그러나 순아는 찔레나무 새순을 먹는 산골 소년을 정상으로 보지 않는다. "한국에도 불쌍한 소년이 있구

나! 아프리카 원주민처럼 가시가 돋아난 나무를 먹고 있으니." 순아가 혀를 쯧쯧 찬다. 찔레나무는 산골 소년에게 자신의 새순을 먹으라고 하는데, 순아는 찔레나무의 말을 알아

들지 못한다. 아니, 찔레나무가 말하는 것을 전혀 듣지 못한다.

12_ 가잿과의 절지동물. 개울 상류의 돌 밑에 살며 뒷걸음질을 잘하는 특성이 있다. 앞의 큰 발은 집게발로 되어 있다. 머리에는 긴 촉각이 있다. 가재는 게 편이다, 라는 속담이 있다.

산골 소년은 입맛이 없을 때 산골짝의 가재를 잡는다. 큰 가재는 힘이 좋아 집게발에 손가락을 물리면 꽤 아프다. 가재는 자신의 굴을 만들어 놓는다. 위험이 닥치면 굴 안으로 들어가 꽁꽁 숨는다. 산골 소년은 굴로 들어간 가재를 잘 잡는다. 생선이나 고기 따위의 미끼를 굴 앞에 놓으면 가재는 굴에서 나와 집게발로 그것을 꽉 집는다. 가재는 굴 밖으로 나오면서까지 미끼를 놓지 않는다. 미끼 뒤에 위험이 있는 것을 모른다. 산골 소년은 가재를 먹고 싶으면서도 참을 때가 있다. 가재란 놈은 뒷걸음질을 잘한다. 가재를 많이 먹으면 가재처럼 앞으로 전진하지 못하고 뒷걸음질하는 것은 아닐까. 그런 성격으로 변하면 어떻게 넓고 거친 세상에서 살아갈 수 있단 말인가. 음식과 성격은 닮는다고 한다.

13_산골 소년의 아버지는 원창고개에서 조금 떨어진 조리텃골이란 마을에서 담배 농사를 한다. 한창 바쁠 때면 산골 소년은 그 일을 돕지 않을 수 없다. 밭에서 담뱃잎을 따기도 하고 새끼줄에 담뱃잎을 엮기도 한다. 새끼줄에 엮은 담뱃잎을 곳간 벽에 줄줄이 매달아 놓고 나무로 불을 땐다. 처음에는 약하게 때다가 나중에는 밤낮을 가리지 않고 화력을 높인다. 담뱃잎에서 나오는 끈적끈적한 담뱃진은 잘 지워지지 않는다. 담뱃잎 속에 들어 있는 니코틴 성분은 농업용 살충제로 쓰인다. 그처럼 독한 담배를 왜 피우는 것일까. 삶의 피곤함과 쓸쓸함과 아픔을 연기로 후욱 날려 보내기 위해 피우는 것일까.

14_산골 소년은 농사일로 바쁜 아버지 대신에 암소에게 먹일 꼴을 벤다. 꼴을 베는 것은 어려운 일이 아니지만 그렇다고 쉬운 일도 아니다. 매일 꼴을 베어야 하므로 그 일을 하기 싫을 때도 있다. 워낙 낫질을 잘하는 산골 소년은 이십여 분 정도면 꼴을 다 베어

지게에 짊어지고 집으로 돌아온다. 그러나 가끔은 장갑을 끼지 않고 꼴을 베다가 손에 상처를 입는다. 산골 소년의 손에 상처를 입힐 수 있는 풀은 칼날처럼 날카로운 억새 잎뿐이다. 그토록 강한 억새이지만 9월경 자줏빛을 띤 황갈색의 이삭으로 된 꽃이 살포시 솟아오르면 한 폭의 그림이 된다. 스산한 바람에 억새 잎이 울면 가을이 깊어가고 있는 중이다.

15_ 몸빛은 등이 적갈색, 배는 황갈색이며 온몸에 굵고 검은 가로띠가 있는 능구렁이는 뱀과의 동물이다. 주로 논이나 연못 근처에 살며 개구리 쥐 따위를 잡아먹는다. 성질이 음흉한 사람을 비유하여 능구렁이라고 한다.

토종벌 벌통을 보기 위해 산골 소년은 바위가 있는 산으로 다니다가 무언가 물컥 밟히는 것 때문에 걸음을 멈춘다. 매일 산으로 쏘다니지만 이상한 것을 밟기는 처음이다. 얼른 고개를 숙여 아래로 시선을 던진다. 뱀이다. 뱀이 산골 소년의 발에 밟혀 있는데, 뱀답지 않게 저항을 하지 않는다. 독사나 살무사는 사람을 죽일 수 있는 치명적인 독을 가지고 있다. 그런 무기를 가지고 있는 탓인지 독사나 살무사는 사람을 보고 잘 도망가지 않는다. 무자치 같은 뱀은 독이 없어서 사람을 보면 죽어라고 도망간다. 능구렁이는 독이 없는데도 동작이 굼떠 산골 소년의 발에 밟히고 만다.

16_ 어른들은 꿩을 부를 때 암컷과 수컷을 구분한다. 암컷을 까투리라 하고 수컷을 장끼라 한다. 수탉처럼 울긋불긋 화려하게 생긴 장끼와 달리 까투리는 시골 아낙처럼 수수하다. 뻐꾸기와 비교하면 약하지만 장끼의 울음소리는 크다. 장끼는 왜 크게 우는 것일까. 적으로부터 친구들을 구하기 위해, 위험을 알리기 위해 큰 소리로 우는 것이 아닐까. 산골 소년은 아랫마을 가겟방으로 국수를 사러 가다가 길 근처의 풀숲에서 매가 날아오르는 것을 본다. 그곳으로 가보니 장끼가 죽어 있다. 매에 비해 결코 작은 덩치가 아닌데 꿩은 속수무책으로 당한다. 겁이 많아 매에게 공격을 당하면 심장마비로 죽는 모양이다. 꿩 잡는 것이 매다, 라는 속담이 있다. 매는 꿩의 천적(天敵)이다.

산골 소년은 죽은 장끼를 손에 들고 생각해 본다. 나의 천적은 무엇일까?

17_독버섯은 색깔이 곱고 화려해 시선을 빼앗고 입맛을 자극한다. 독버섯을 먹으면 독에 중독이 되거나 심하면 죽기도 한다. 대체로 대가 세로로 쪼개지고 갓의 껍질이 잘 벗겨지는 것은 먹을 수 있는 버섯이라고 한다. 널리 알려진 버섯 이외의 것은 먹지 말아야 한다. 산골 소년이 좋아하는 버섯 몇 가지가 있다. 싸리버섯, 갓버섯, 꾀꼬리버섯, 송이, 능이, 뽕나무버섯, 느타리버섯.

18_생강나무의 잎을 따거나 가지를 꺾어 냄새를 맡아 보면 생강 냄새가 난다. 이른 봄 제일 먼저 꽃이 피는 나무는 땅 깊은 곳의 숨결을 빨아들여 세상으로 날려 보낸다. 샛노란 꽃은 향기가 진해 잠자고 있는 모든 나무와 풀을 깨운다. "벌써 봄이 왔단 말이야. 그만 자고 일어나. 어서 일어나라구, 애들아!" 하고 그 향기는 말한다. 순수한 마음처럼 샛노란 꽃이 피는 생강나무는 여자에게 약이 된다. 생강나무를 달여 마시면 애를 낳은 뒤에 나타나는 병

에 뛰어난 효과가 있다. 생강나무 씨앗으로 짠 동백기름은 머릿기름으로 쓰인다. 생강나무는 꽃이 피고 난 뒤에 새순이 돋아난다. 새순이 참새 혓바닥만큼 자랐을 때 따서 차로 우려내어 마신다.

19_ 다래나뭇과의 낙엽 활엽 덩굴나
무. 암수딴그루로 열매인 다래는
가을에 황록색으로 익는다. 한방
에서 열매를 말리어 약재로 쓴다.
다래는 가을에 산에서 먹을 수 있
는 열매 중의 하나이다. 산골 소년

은 어린 시절에 말랑말랑하게 익은 다래를 많이 먹고 혓바닥이
갈라져 고생한 경험이 있다. 다래나무는 다른 나무를 의지하며
자란다. 다른 나무의 줄기를 휘감으며 위로 올라간다. 주위의 나
무 높이만큼 자신도 위로 올라간다. 고로쇠나무, 자작나무 다음
으로 다래나무의 수액을 알아준다. "여보세요, 나는 헌혈할 마음
이 없거든요. 왜 내 피를 빼 가시는 거죠? 제발 그러지 마세요."
고로쇠나무, 자작나무, 다래나무는 봄에 피를 토하며 외친다.

20_ 입맛이 없을 때 집 근처의 길가나 밭둑에서 방가지똥을 꺾어온
다. 고추장에 방가지똥을 찍어 먹으면 입맛이 살아난다. 산골 소
년은 씁쓰레한 씀바귀나 고들빼기보다 방가지똥을 더 좋아한다.
순아가 산골 소년의 집에서 밥을 먹다가 울상을 짓는다. "무슨 풀
인데 이렇게 쓴 거야?" 순아가 방가지똥을 손에 들고 묻는다. "방
가지똥이야." 순아는 이맛살을 찌푸리며 입에 넣은 방가지똥을

뱉는다. "똥 자가 들어가는 풀을 먹다니." 순아가 한심하다는 표정을 지으며 말한다. "이런 걸 먹어야 얼굴이 예뻐지고 건강에 좋은 거야." 그 말에 순아는 마치 사약을 먹는 듯한 얼굴을 하고 방가지똥의 잎을 씹는다.

21_ 들이나 길가에 흔히 나는 질경이는 강한 식물이다. 사람의 발에  밟혀도 죽지 않는다. 발에 밟히면 밟힐수록 강해지며 자란다. 잎은 나물로 먹고 씨는 한방에서 차전자(車前子)라 하여 약재로 쓰인다.

22_ 거머리는 동물의 살에 붙어 피를 빨아먹으며 살아간다. 바짝 달라붙어 남을 괴롭히는 사람을 거머리라고 한다. 사람이 사람답지 못하게 살아가면 때로는 짐승으로 추락하고, 심지어는 거머리까지 된다. 산골 소년은 거머리를 볼 때마다 원수를 만난 듯이 발로 밟아 아픔을 주곤 한다. 몸의 양 끝에 있는 빨판으로 피를 빨아먹어야만 살아갈 수 있는 거머리가 말을 할 수 있다면 정말 밤새도록 억울함을 토해낼 것이다. "제발 나를 미워하지 마. 누군 거머리가 되고 싶어서 된 줄 알아. 나도 먹고 살기 위해 어쩔 수 없다구." 어느 날 산골 소년은 거머리의 침에서 나오는 헤파린이 의약품으로 쓰인다는 것을 알게 된다. 못생겼다고 무시하고 멸시하고

괴롭히는 것은 얼마나 어리석고 잔인한 짓인가. 잘생긴 것이든 못생긴 것이든 저마다 개성을 가지고 있을 뿐이다.

23_ 산골에서 소는 큰 재산이다. 산골 소년의 외양간에는 암소 한 마리가 있다. 암소는 해마다 송아지를 낳는다. 농사일에 바쁜 아버지 대신 산골 소년은 암소를 돌본다. 벌써 서너 번이나 암소가 송아지 낳는 걸 도운 적이 있다. 앞발과 머리부터 밖으로 나오는 송아지는 정말 건강하다. 세상에 나온 지 몇 분 뒤에 벌써 비틀비틀 걸음을 걷는다. 그리고 암소의 젖을 힘차게 빤다. 송아지마다 성격이 다르다. 어떤 송아지는 사람 곁으로 오지 않으려고 한다. 어떤 송아지는 산골 소년을 줄줄 따라다니며 장난을 걸기도 한다.

나는 뽕밭으로 오르며 안도의 한숨을 쉬었다. 순아는 늦
잠을 자는지 눈에 띄지 않았다.

뽕밭은 함초롬히 이슬을 머금은 채 눈부신 햇살에 서서히
깨어나고 있었다. 햇살을 받은 아침 이슬이 영롱하게 빛났
다.

뽕나무가 너무 자라면 뽕을 따기 힘들 뿐만 아니라 뽕의
질이 떨어졌다. 작년 봄누에를 치고 밑동을 베어버렸는데 다
시 내 키보다 크게 자랐다. 사람들은 뽕나무를 보면 새카맣

게 익어 입 안에서 살살 녹는 오디[1] 생각이 난다고 했다. 또한 뽕이란 영화가 생각난다고 했다. 나는 누에 농사가 너무 고생스러워 뽕나무만 보면 가끔 소름이 돋기까지 했다.

누에는 네 번의 잠을 잔다. 애기잠 두잠 석잠 넉잠, 네 번의 잠을 자고 나면 누에는 더 이상 잠을 자지 않았다. 누에는 다른 벌레와 다른 점이 있었다. 누에는 오직 뽕잎만을 먹었다. 밤낮으로 쉬지 않고 뽕을 먹어대다가 때가 되면 일제히 머리를 하늘로 들고 잠을 잔다.

하늘을 우러러보고 잠을 잔다는 것은 여느 것에서는 볼 수 없는 희한한 광경이었다. 잠을 자는 게 아니라 마치 무슨 심각한 고뇌에 빠져 있는 것처럼 보였다. 그런 고뇌의 과정이 있기에 그 작은 몸에서 한없이 길고 긴 실을 토해내는 것 같았다.

누에가 깨어 있는 동안 밤낮 일정한 시간마다 뽕을 주어야 하므로 고생이 말이 아니었다. 누에를 치는 동안 비가 내리는 날이면 울고 싶은 심정이었다. 밤낮 뽕을 먹으니 비를 맞으며 뽕을 따야 했다. 밭의 뽕이 모자라면 산뽕이라도 따러 가지 않으면 안 되었다.

좁쌀만 한 누에가 새끼손가락만 한 누에가 되기까지는 사람의 절대적인 손길이 필요했다. 누에가 자랄수록 여러 잠박에 나눠 한군데서 우글거리지 않게 해줘야 한다. 매일 잠박에 싼 똥을 치워야 하고, 쥐가 누에를 물어 가는지 살펴야 한다. 쉬파리나 누에파리가 꼬이지 못하도록 잠실 입구에 모기장을 쳐놓아야 한다.

그전에는 누에가 늙으면 청솔가지2나 짤막하게 짚을 쏠아 새끼줄 마디마디에 넣어 빙글빙글 돌린 데에다 얹었다. 그 기술이 발달되어 종이 따위로 만든 여러 종류의 것들이 나왔다. 누에가 그런 데다가 고치를 다 지으면 떼어내어 더부룩한 실을 기계에 돌려 뽑아내야 하고, 물든 고치나 쌍고치는 따로 골라내어야 한다. 한마디로 누에치기는 뼈 빠지는 일이었다.

하지만 늙은 누에가 실을 토하며 타원형의 집을 짓는 것을 보고 있으면 그간의 피로가 말끔히 풀렸다. 사각사각……누에가 실을 토해내는 소리는 마치 내 영혼에 실이 감겨지는 것처럼 느껴지기도 했다. 나는 그 소리에 하염없이 귀를 기울였다. 누에들로 말미암아 나는 내 영혼에 평생 풀어도 남을 만큼 희디흰 명주실이 한없이 감겨 있다고 믿게 되었다. 누에는 입으로 실을 토해내며 차츰 몸이 줄어들었다. 마치 모든 사랑을 자식에게 쏟고 늙어가는 부모처럼.

누에를 기르는 동안 즐거움도 있었다. 미라처럼 딱딱하게 굳어버린 누에가 있었다. 누에파리가 알을 슬어 시커멓게 썩으며 죽는 것과는 대조적으로 하얗게 굳어 가면서 죽었다. 누에똥을 치우다 그런 걸 보기만 하면 모아 두었다. 그것은 돈이 되었다. 약초 따위를 사러 온 한약방 할아버지에게 그걸 돈과 바꾸었다. 그 무엇보다 큰 즐거움은 아버지와 어머니가 목화 꽃보다 희디흰 쌀고치를 어루만지며 흐뭇해하는 모습을 볼 때였다.

나는 비위가 약한 탓에 화장실보다 뽕밭이나 산에서 볼일을 보는 것을 좋아했다. 볼일을 마치고 점잖게 팔자걸음으로 걷다가 왠지 뒤통수가 간지러운 느낌이 들었다. 고개를 돌려 순아네 마당을 내려다보았다. 잠시 방심을 하는 바람에 망신을 당하고 말았다. 순아가 잠실 처마 아래에서 망원경으로 나를 자세히 관찰하고 있었다. 나는 못된 계집애 때문에 망원경 공포증에 걸리고 말았다.

나는 순아를 보지 못한 것처럼 태연히 걸으며 주위를 두리번거렸다. 우산 모양의 갓버섯이 있나 하고 살피다가 아직은 그 계절이 아님을 깨달았다. 여름부터 가을까지 뽕밭이나 집 주위 산에서 하루에 한두 개의 갓버섯을 매일 땄다. 냄비에 막장과 갓버섯과 파 마늘 따위를 넣어 보글보글 끓이면 훌륭한 찌개가 되었다. 그것으로 밥을 비벼 먹으면 그렇게 맛있을 수 없었다.

순아 때문에 송충이3가 앉은 것처럼 뒤통수가 근질거렸다. 뽕밭을 벗어나자마자 잽싸게 산으로 숨어버렸다. 숲에 숨어서 순아네 마당을 내려다보니 순아가 닭 쫓던 개처럼 멍하니 이쪽을 올려다보았다. 항상 순아한테 감시를 당하니 매사에 조심하는 게 상책이었다. 매일 순아에게 눌려 지내는 것도 억울해 죽을 지경인데, 여기서 무슨 약점을 더 잡히게 되면 지렁이4처럼 바닥으로 설설 기어야 할 것이다.

나의 일거수일투족을 감시하는 순아의 눈길에서 벗어나자 마치 무거운 짐을 내려놓은 것처럼 느껴졌다. 소나무에 등을 기대고 앉아 떡갈나무 잎을 따서 모자를 만들었다. 모자를 만드는 데는 그리 많은 시간이 걸리지 않았다. 모양새 좋은 모자를 만드는 내 기술은 민첩하고 정확했다. 떡갈나무 모자를 쓰고 오솔길을 따라 걸음을 옮겼다.

검불을 수북이 쌓아 올린 불개미집 앞에서 걸음을 멈췄다. 불개미집만 보면 저절로 웃음이 나왔다. 순아가 원창고개로 내려온 지 한 달쯤 되었을 무렵이었다. 나는 순아에게 새빨간 거짓말을 한 적이 있었다. 불개미[5]에게 물리면 두통 치통은 쉽게 치료되고 생리통에 아주 좋다고 했다. 이를테면 불개미에 물리면 만병통치약이 된다고 떠돌이 약장수[6]처럼 거짓말을 했다. 서울에서 살아 아무것도 모르는 순아는 나의 말을 곧이곧대로 믿었다.

그래서 순아의 팔뚝에다 불개미 네댓 마리를 얹어 주었다. 불개미에 쏘이자마자 순아는 아파 죽겠다고 엉엉 울음을 터뜨렸다. 불개미 독은 주사를 맞은 것보다 아프고 한참이 지나도 그 아픈 기운이 잘 사라지지 않았다. 내가 재미있어 죽겠다고 큭큭대자 순아는 내게 속았음을 눈치 챘다. 입에 게거품을 물고 고래고래 소리를 지르며 덤벼들었다. 내 뱃가 죽과 허벅지를 물어뜯고 목덜미를 하비어 놓았다. 목덜미에 서 피가 줄줄 흐르면서도 나는 너무 통쾌해서 미친 듯이 웃었다. 그때의 순아 모습을 생각하며 발로 불개미집을 툭 건드리자 불개미가 우글우글 몰려나왔다.

바깥마당 쪽으로 느릿느릿 걷다가 개암나무 앞에서 걸음을 멈추었다. 이 개암나무 열매는 다른 나무 열매보다 맛이 고소했다. 개암나무마다 그 맛이 조금씩 달랐다. 어떤 나무의 열매는 먹고 싶지 않을 정도로 맛없는 것이 있었다. 어떤 나무의 열매는 땅콩처럼 고소했다. 가을에 따먹을 열매를 생각하며 개암나무 잎을 만지고 다시 걸음을 옮겼다.

바깥마당 가까이 이르러 나는 걸음을 멈추었다. 사나흘 전에 이곳에다 말뚝을 박고 암소를 내맨 적이 있었다. 벌써 쇠똥이 꾸덕꾸덕하게 말랐다. 그 안에서 무언가 꿈틀대는 것 같았다. 쇠똥구리[7]가 쇠똥을 환처럼 동그랗게 뭉쳐 가지고 굴 속으로 들어가는 것을 지켜보는 것은, 내가 적막한 산골에서 시간을 지루하지 않게 경영할 수 있는 것 중의 하나였다. 머리에 뿔 같은 돌기가 있는 뿔쇠똥구리 수컷을 지켜보고 있으면 한두 시간이 언제 흘러갔는지 모를 지경이었다.

곤충이나 벌레도 송충이, 쥐며느리, 노래기, 지네, 노린재, 집게벌레, 가뢰, 방귀벌레[8] 따위는 징그럽게 느껴졌다. 쇠똥구리, 사슴벌레, 풍뎅이, 하늘소 같은 것을 관찰하는 것은 즐겁고 시간이 빨리 지나갔다. 순아를 벌레에 비유하면 과연 어떤 벌레에 해당할까. 아마 방귀벌레가 아닐까? 악취가 나는 독한 가스를 북북 뿜어내는 징그러운 방귀벌레.

쇠똥을 보고 있으니까 갑자기 쇠뜨기 생각이 났다. 현자가 객지 생활을 하다가 병을 얻은 것 같았다. 그리 큰 병은 아니었다. 그전보다 자주 오줌을 누는 병이었다. 민간요법으로 이뇨제의 약으로 쇠뜨기를 말려 삶은 물을 마시면 그 병을 고칠 수 있었다. 연못 둑에 있는 쇠뜨기를 뜯으러 집에서 자루를 들고 조리텃골 쪽의 연못으로 걸음을 옮겼다.

연못 둑에서 쇠뜨기를 뜯어 자루에 넣고 연못 가장자리에 앉았다. 친구도 없는 산골에서 내가 지루하지 않도록 시간을 보낼 수 있는 곳 중의 하나가 연못이었다. 연못에는 미꾸리, 버들치, 붕어가 살고 있어서 가끔 낚싯대를 잡고 있으면 한나절이 훌쩍 지나갔다. 그뿐만이 아니었다. 연못에는 물방개, 장구애비, 소금쟁이, 물장군, 왕잠자리 유충 따위가 살고 있었다. 연못 주위에 파수꾼처럼 서 있는 버드나무에는 사슴벌레가 살고 있었다.

그런 것들을 유심히 관찰하고 있으면 자연의 오묘한 섭리에 고개가 숙여졌다. 여름이면 연못 근처에서 날개띠좀잠자리 물잠자리 밀잠자리 따위의 잠자리9를 쫓아다니며 시간을 보내기도 했다. 연못 주위에는 뱀이 개구리를 잡아먹으려고 풀숲에 숨어 있었다. 뱀이 개구리를 잡아먹는 모습을 지켜보며 먹이 사슬에 대한 것을 저절로 이해할 수 있었다.

나는 연못에 버드나무 잎을 띄우고 시를 짓기도 하고 먼

훗날의 일들을 상상해 보기도 했다. 연못의 물 위에 앞으로 내가 사귈 여자의 얼굴을 상상으로 그려 보기도 했다. 무슨 생각을 하지 않더라도 연못을 보고 있으면 마음이 맑아지고 상쾌해졌다.

쇠뜨기를 넣은 자루를 들고 집에 돌아와 보니 현자는 시내에 갔는지 보이지 않았다. 요즘 현자는 내 방에서 잤다. 서울로 야간도주하기 전까지만 해도 나는 현자와 같은 방에서 잤다. 현자는 아버지가 박수라는 것이 싫어 매일 우리 집에서 살다시피 했다. 그때는 몰랐는데, 현자와 같은 방에서 자려고 하니 왠지 부끄러운 느낌이 들었다. 나 혼자 방을 쓰겠다고 했다가 어머니에게 꾸중을 듣고 말았다.

"현자가 누에 치는 거 거들어주고 서울로 가겠다고 하잖아. 한 사람만 거들어줘도 뽕따기가 얼마나 수월한지 네놈도 잘 알면서 그래. 잔말 말고 현자와 한 방을 쓰도록 해. 새엄마가 보기 싫어 그러는 모양이더라."

현자는 아버지를 그 누구보다 사랑했다. 하지만 아버지가 박수라는 사실을 그 어떤 것보다 수치스럽게 여기고 저주했다. 박수는 그 자식 중의 하나에게 대를 물린다는 운명을 현자는 완강히 거부했다. 또 아버지가 박수라는 것만큼 집에

와 있는 계모를 싫어했다.

아줌마는 춘천 건달들이 노리던 돈 많은 미망인이었다. 춘천에서 주유소를 하던 남편이 급살 맞자 용하다는 무당을 찾아다니며 그 원인을 알아보러 다녔다. 그러다 굿을 하러 이곳에 왔다가 아저씨를 좋아하게 되었다. 아줌마는 임신을 해서 배가 항아리처럼 불룩해졌다. 현자는 그게 더 보기 싫은 모양이었다.

누렁이가 나를 보더니 기분 나쁜 표정을 지었다. 누렁이는 순아의 영향을 받아 하늘같은 주인을 마당에 떨어진 새 똥10보다 우습게 여겼다. 누렁이는 나를 보면 꼬리를 살랑살랑 흔들기는커녕 아주 외면해버렸다. 그러다가 순아가 나타나면 꼬리를 쉴 새 없이 흔들며 아양을 떨었다.

누렁이 털을 헤집어 보니 벼룩이 제법 눈에 띄었다. 누렁이는 몸이 매우 가려우면 땅바닥에 온몸을 벅벅 긁어대었다. 그런다고 해서 쉽게 도망갈 벼룩이 아니었다. 주인을 우습게 여기면 좋을 게 없었다. 약을 뿌려서 벼룩을 다 잡아줄 것도 그대로 내버려두었다.

마루에 앉아 오늘 할 일을 떠올려 보았다. 외양간 쇠똥을 치우는 것은 누가 시키지 않아도 해야 될 일이었다. 꼴을 베고 점심을 먹은 다음 숲 속에 만들어 놓은 침대에서 쉬다가 오후에는 이곳저곳으로 다니며 뱀을 잡을 생각이었다.

항아리에 뱀이 다섯 마리가 있었다. 서너 마리 뱀을 더 잡아 한꺼번에 팔면 돈이 되었다. 항아리에 뱀을 확인하려고 뒤란으로 갔다. 장독 작은 항아리에 못으로 숨구멍을 뚫어 놓은 합판이 놓여 있었다. 합판을 들어 보니 살무사, 독사, 무자치 따위의 뱀이 뚤뚤 몸을 감고 있다가 고개를 들고 나를 올려다보았다. 저놈이 나를 잡아 항아리에 넣었지, 하며 노려보는 것 같았다. 뱀이 개구리[11]를 모두 잡아먹었는지 하나도 보이지 않았다. 뱀이 항아리를 타고 올라와 도망가지 못하도록 다시 합판을 얹어 놓았다.

이곳에 와서 배가 불룩한 빈 항아리에 얼굴을 넣고 노래를 부르지 않으면 왠지 허전했다. 빈 항아리 속에서 노래를 부르면 목소리가 울려 내가 가수라도 된 듯한 기분이었다. 나는 항아리 속에 머리와 팔을 넣고 음악 선생님을 떠올리며 노래를 불렀다.

하루는 음악 선생님이 이런 말을 했다.

"영덕아, 공부도 꼴찌를 하면서 목소리까지 음치라서 너무 불쌍하구나! 무슨 재주가 있어서 전과목 빵점을 맞는지 선생님은 도무지 이해가 안 되는 걸. 제발 한 문제만 맞춰 보렴."

"전과목 빵점을 맞는다는 것은 일등을 하는 거나 다름없어요."

"공부를 못해도 뭐 하나 잘하는 것만 있으면 성공할 수 있는 세상인데."

"맞습니다. 공부를 잘해야 성공하는 것은 아닙니다."

"듣기로는 영어 시간에 맡아 놓고 칠판을 지우고 선생님 어깨를 주물러 준다고 하던데. 음악 시간에도 그렇게 하면 선생님이 빵점은 면하게 해줄 텐데."

"나는 선생님과 함께 영화 구경을 하고 싶어요. 그렇게 해준다면 음악 필기시험에서 백점을 맞을 게요."

그 말에 옆에 앉은 순아가 내 허벅지를 아프게 꼬집었다.

"나는 자존심이 센 여자라서 전과목 빵점 맞는 남자와 영화 구경을 할 생각이 없어."

"제가 가장 잘하는 것은 바로 공부입니다."

내가 자신 있게 말하자 친구들이 웃음을 터뜨렸다.

"세상에서 그 말을 믿을 사람은 아무도 없어."

"지금 열 문제만 내보세요. 여덟 문제 이상 못 맞히면 당장 성을 갈거나 손에 장을 짓거나 죽을 때까지 순아 동생 노릇을 할게요."

음악 선생님은 도저히 믿을 수 없다는 듯이 고개를 갸웃거렸다. 순아는 내가 자기 동생 노릇을 한다니까 입이 쩍 벌어졌다.

음악 선생님이 칠판에다 문제를 적었다. 나는 그 중에서 아홉 문제를 가볍게 맞혔다. 그날 나는 수업이 끝나고 음악 선생님의 호출로 교무실에 불려갔다. 음악 선생님의 끈질긴 추궁에 나는 사실을 그대로 털어놓고 말았다. 내 실력은 학년 전체에서 일등을 하고도 남는데, 숙제를 하기 싫고 자유롭게 학교생활을 하고 싶어서 일부러 그런다고 털어놓았다. 그러면서 이 사실을 다른 선생님이나 친구들에게 알리면 그날부터 다른 학교로 전학을 가거나 학교를 그만두겠다고 겁을 주었다.

음악 선생님은 입이 무겁고 의리가 있는 선생님이었다. 선생님은 약속한 그대로 그 누구에게도 비밀을 누설하지 않았다. 그러니 나는 음악 선생님을 좋아하지 않을 수 없었다. 음악 선생님은 가끔 나를 불러 성적이 우수한 학생만 다니는 고등학교에 갈 학생은 순아와 나밖에 없다고 말해 주었다.

열심히 공부해서 2학기부터 진짜 무서운 실력을 보여 달라고 했다.

그때부터 눈치 빠른 순아가 나를 의심의 눈초리로 보기 시작했다. 새대가리가 어떻게 해서 그 문제를 아홉 개나 맞혔는지 선생님보다 끈질기게 추궁했다. 주특기를 살려 내 몸을 꼬집고 비틀며 고문까지 했다. 나는 대충 찍은 게 그렇게 맞았을 뿐이라고 변명했다. 그 일로 인해 순아가 내 공책과 가방을 뒤져 보는 나쁜 버릇이 생기게 되었다.

"아~ 아~ 사랑하는 음악 선생님! 선생님께서 저번에 나를 데리고 집으로 가셨었지요. 집이 얼마나 으리으리하고 깨끗한지 나는 발냄새가 나서 혼났습니다. 과일을 깎아주며 나를 바라볼 때 얼굴이 새빨개져 쩔쩔매기도 했었죠. 선생님은 전 과목 문제를 내놓고 나보고 한번 풀어보라고 말씀하셨죠. 내가 맛있는 과일을 먹으면서 쓱쓱 풀었더니 선생님은 내 손을 잡고 좋아했었죠.

아아, 사랑하는 음악 선생님. 나는 음악 선생님을 너무너무 좋아합니다. 순아는 난폭해서 싫습니다. 순아는 아이큐가 원숭이 정도밖에 안 됩니다. 순아는 여자 깡패입니다. 불여우입니다. 구미호입니다. 그런데 학교에 가면 요조숙녀처

럼 내숭을 떱니다. 언젠가 순아는 죽도록 얻어맞고 나를 오
빠라고……."

그때 누가 등 뒤에서 갑자기 내 허리를 번쩍 들더니 항아
리 속에 거꾸로 넣었다. 항아리 속에 머리와 두 팔을 다 집어
넣고 노래를 부르다가 기습 공격을 당하고 말았다.

"누구야?"

뒷발질을 해보았지만 아무 소용이 없었다. 머리와 두 팔
이 항아리 속에 들어가 있어서 어떻게 할 수가 없었다. 엉덩
이에 닿는 감촉이 말랑말랑한 것으로 보아 순아였다.

"항아리 속에서 고생 좀 해봐라."

순아가 내 허리를 안고 더 깊이 항아리 속에 넣었다. 잠시
경계를 늦추고 베짱이처럼 노래를 부르다가 이렇게 되고 말
았다. 허공에다 두 발을 허우적거려 보았지만 도저히 힘을
쓸 수가 없는 자세였다. 순아가 내 허벅지를 꼬집고 비틀며
놓아 주지를 않았다.

"누나가 붙여우야?"

"좋은 말로 할 때 빨리 꺼내줘."

그렇게 있으려니 피가 거꾸로 돌아 불편하기 그지없었다.

"요게 아직 입은 살아 까불어."

순아가 내 양쪽 다리를 자기 어깨에 올려놓고 아래로 내리눌렀다.

"누나 따라 해봐. 아까 한 말은 거짓말이에요. 누나가 이 세상에서 가장 예쁘고 좋아요."

이렇게 곤경에 빠질 줄은 꿈에도 생각지 못한 일이었다. 순아가 내 다리를 꼭 잡고 있는 한 나는 언제까지 항아리 속에서 괴로움을 당할 수밖에 없었다. 순아 말대로 하면 항아리에서 벗어날 수 있었다. 그러자니 마지막 남은 자존심이 고개를 들었다. 내가 엄연히 한 살이나 많은데 누나는 무슨 얼어 죽을 누나란 말인가. 그렇다고 언제까지 항아리 속에 고드름[12]처럼 거꾸로 박혀 있을 수도 없는 일이었다. 아, 어쩌다가 기습 공격을 당해 이 지경이 됐는지 답답할 뿐이었다.

"누, 누나가 제일 예쁘고 귀엽다!"

나는 어쩔 수 없이 자존심을 꺾었다.

"어디가 제일 예뻐?"

"다 예쁘다."

"어디가 예쁜지 구체적으로 말해봐."

"가슴과 엉덩이가 제일 예쁘다!"

"아유, 기분 좋다. 귀여운 내 동생아!"

아기도 아닌데 순아가 손바닥으로 내 엉덩이를 뚜들겨 주었다. 내가 귀엽다고 엉덩이를 뚜들기던 순아가 다시 내 허벅지를 꼬집고 비틀며 사납게 굴었다.

"음악 선생님 집에 갔다고 그랬지?"

"거기 간 적 없어."

"뭐, 음악 선생님을 좋아한다고?"

"나는 음악 선생님과 아무 관계도 없어."

"어디 오늘 혼 좀 나봐라."

순아가 미쳤는지 내 엉덩이를 주먹으로 퍽퍽 때리고 뾰족한 송곳니로 물어뜯기까지 했다. 아무 죄도 없는 엉덩이가 이처럼 모진 고통을 겪기는 처음이었다. 허벅지와 엉덩이가 아픈 것도 아픈 것이지만 항아리 속에 거꾸로 박혀 있는 바람에 피가 얼굴로 몰려 숨쉬기가 불편했다. 거짓말이라도 하고 싶은 심정이었다. 결국 순아한테 사실대로 말하지 않을 수 없었다.

"음악 선생님 집에 두 번 간 적이 있어."

"두 번씩이나 뭘 하러 간 거야?"

"선생님이 영화 구경을 시켜준다고 해서 갔지, 뭐."

"문제도 풀었다고 했지?"

"문제는 안 풀었어. 나는 아이큐가 원숭이 정도밖에 안 되잖아."

그것까지 사실대로 말했다간 모든 게 한꺼번에 들통날 것 같았다.

"하긴 하는 짓을 보면 그렇기도 해."

"사실대로 말했으니 다리를 놓아줘, 어서."

"다 큰 녀석이 왜 언니와 같은 방에서 자는 거야?"

"엄마가 자라고 해서 자는 거지, 뭐."

"같은 이불에서 자는 거야?"

"그전부터 난 윗목에서 자고 누나는 아랫목에서 잤어."

"정말 아무 일 없었어?"

"목숨을 걸고 맹세하겠다. 난 순아밖에 모르는 놈이다!"

내가 그렇게까지 말했는데도 순아가 나를 항아리 속으로 내리눌렀다. 게다가 엉덩이를 뚜들기고 꼬집으며 깔깔대었다. 항아리 밖으로 나가기만 하면 내 본래 모습을 보여주지 않을 수 없었다. 계집애 입에서 오빠 소리가 나오도록 때려주고 말겠다고 속으로 거듭거듭 다짐했다.

나는 허공으로 맥없이 헛발질을 하는 것도 이젠 지쳐버렸다. 누가 와서 나를 구해 주기 전에는 고드름처럼 거꾸로 있을 수밖에 없었다.

"야, 계집애야!"

나는 악이 오를 대로 올라 제정신이 아니었다.

"웅딕이 화났니?"

역시 순아는 머리 회전이 빨랐다. 내가 화가 날 대로 나서 그렇게 소리치는 걸 알고 밖으로 조금 꺼내 주었다. 하지만 순아가 뒤에서 내 허리를 잡고 있는 한 나는 항아리13 밖으로 나갈 수 없었다.

"연약한 여자가 장난을 좀 쳤다고 화를 내다니. 웅딕이는 마음이 넓은 남자지?"

"그래, 난 마음이 바다처럼 넓은 남자야."

그러자 순아가 나를 밖으로 더 꺼내 주었다. 그럴 때마다 엉덩이를 꼬집고 뚜들기고 송곳니로 물어뜯기 때문에 여간 아픈 것이 아니었다. 이놈의 계집애가 아침을 잘못 먹어 어떻게 된 것이 분명했다. 이게 어디 양심을 가진 인간으로서 차마 할 짓인가.

"웅딕아, 더 꺼내줄까?"

대단한 인심을 쓰듯이 나를 더 꺼내 주었다. 순아가 뒤에서 누르지 않는다면 얼마든지 항아리 밖으로 나갈 수 있었다.

순아가 배를 내 엉덩이에 바짝 밀착시키고 얼굴을 등에다 비벼대며 애교를 떨었다. 그 바람에 정신이 다 아찔했다. 내가 화가 잔뜩 나 있음을 알고 미인계 작전으로 나왔다. 나는 바짝 긴장하기 시작했다. 아무리 그래도 이번만큼은 가만두지 않겠다고 속으로 굳게 다짐했다. 못된 순아를 번쩍 들어 쇠지랑물에 던지거나 나를 괴롭힌 손목을 쟁강 부러뜨려 놓고 말겠다고 다짐했다.

"누나가 부탁 하나 해도 되겠지?"

"밖으로 나가게 해주면 들어주지."

"할머니가 응딕이한테 밭을 갈아달라고 했는데, 아무 대답도 하지 않았다면서?"

"기계로 갈면 되잖아. 요즘이 어떤 시대인데 사람이 끄는 걸로 밭을 갈려고 하는지 모르겠어."

"작년까지만 해도 잘 갈아주었다면서?"

"그땐 철이 없어서 그랬지."

"누나가 항아리 속에서 꺼내줄 테니 밭을 갈아줄래? 밭을 갈아야 콩14을 심고 채소도 심고 그러지."

정말이지 미치고 환장할 노릇이었다. 순아가 나를 항아리에 거꾸로 넣고 괴롭힌 속셈이 바로 여기에 있었다.

나는 선뜻 대답할 수 없었다. 만일 내가 밭을 갈게 되면 순아는 나를 미련한 황소라고 놀려댈 것이다. 그러면 나는 더욱 땅바닥으로 설설 기는 신세로 전락하고 말 것이다. 순아 앞에서 그 일을 할 생각을 하니 눈앞이 캄캄해졌다.

"정말 말 안 들을래?"

순아가 다시 내 엉덩이를 들어 항아리 속으로 내리눌렀다.

"너 오늘 죽었어."

"여기다 물을 부어줄 테니 물을 먹을래, 밭을 갈아줄래?"

나는 잠시 어떻게 해야 좋을지 생각해 보았다. 순아 말대로 항아리 속에 물을 부으면 나는 완전히 물고기가 되고 말 것이다. 물고문을 당하느니 차라리 밭을 갈아주는 게 한결 나을 것 같았다. 어차피 해마다 내가 갈아주던 밭이었다.

"밭을 갈아줄 테니 어서 꺼내줘라."

"진작 그럴 일이지."

순아는 나를 다 꺼내 주지 않았다. 여차하면 다시 항아리 속으로 넣을 만큼 나를 꺼내놓고 다짐을 받았다.

"항아리 속에서 꺼내주면 점잖게 굴어야 돼."

"알았어."

순아가 몇 번씩이나 다짐을 받은 후에야 나를 놓아주었다. 항아리 속에서 벗어나 순아에게로 막 돌아서는 순간이었다. 순아가 내 뒤에서 허리를 힘껏 안고 다짐을 받았다.

"연약한 여자가 장난 좀 한 걸 가지고 화를 내면 바보라고 그랬지?"

"알았으니까 이거 놔."

그래도 순아가 내 허리를 놓지 않았다. 머리 회전이 보통 빠른 계집애가 아니었다. 뒤에서 온갖 아양을 떨면서 내가 어느 정도 화가 풀릴 때까지 놓지를 않았다. 순아가 살며시 손을 풀자마자 나는 잽싸게 뒤돌아섰다. 어찌해 볼 틈도 없이 순아가 와락 안기듯이 내 허리를 안고 또 다짐을 받았다.

"너 정말……."

나는 그만 당황하여 안마당으로 달아나지 않을 수 없었다.

피는 속일 수 없는 모양이었다. 그 할머니에 그 손녀였다. 할머니 고집도 순아 못지않았다. 서울에 큰 빌딩을 가진 딸이 있는데 호강할 생각은 아예 하지 않았다. 순아 엄마가 원창고개에 올 때마다 할머니를 서울로 모시고 가려 해도 도무지 말을 들어주지 않았다. 그러면 집이라도 깨끗한 양옥집으로 지어 주겠다고 해도 역시 마찬가지였다. 아궁이15에 불을 지피는 것이 더 좋다며 집을 헐지 못하게 했다. 힘든 일은 하지 말고 어디 여행을 하면서 지내라고 해도 원창고개를 떠나는 법이 없었다. 딸이 용돈에다 쌀값까지 넉넉히 주는데도 남의 집에 품을 팔러 다녔다. 겨울철에는 직접 땔나무를 할 정도로 고집이 센 할머니였다.

기계로 밭을 갈면 두어 시간이면 끝날 일인데 무슨 원수가 졌는지 매년 나를 괴롭혔다. 할머니 때문에 나는 이맘때가 되면 소가 되었다. 소 대신에 사람을 이용해 밭을 가는, 아귀가 진 참나무로 만든 쟁기가 있었다. 어깨에 줄을 메고 내가 앞에서 낑낑대며 끌면 뒤에서 할머니가 밭을 갈았다. 해마다 할머니는 내가 소로 보이는지 밭을 갈아달라고 지근덕거렸다. 우리는 땅이 없어서 할머니네 땅을 도지로 싸게 얻어 농사를 지었다. 우리가 할머니한테 꼼짝 못하는 이유가 바로 여기에 있었다. 게다가 어머니도 운동 삼아 하루나 이틀 갈아주라고 거들었다. 싫다고 하면 나만 나쁜 놈이 되고 말았다.

내가 밭을 갈기 꺼리는 까닭은 순아 때문이었다. 순아 앞에서 그런 일을 할 마음이 전혀 없었다. 순아가 서울에 가는 날 밭을 갈아주려고 했던 것이다. 이제 순아는 시골 생활에 적응이 됐는지 서울에 잘 가지 않았다. 밭을 갈고 씨를 뿌리는 일은 다 때가 있었다. 더 이상 그 일을 미룰 수 없게 되었다.

"그래도 우리 영덕이밖에 없구나. 아침은 든든히 먹었겠지?"

"먹기는 소처럼 많이 먹었는데, 어디 거꾸로 박혀 있는 바람에 힘을 다 뺐어요."

"저런, 조심해야지."

그 말에 순아가 얼른 뒤돌아서서 요조숙녀처럼 손바닥으로 입을 틀어막았다. 그리고 그 속에서 키득키득 웃었다.

"대한민국에서 이런 식으로 농사를 짓는 곳은 이곳밖에 없어요. 기계로 갈면 깊게 갈려 곡식이 더 잘되잖아요."

"옛날부터 하던 대로 하는 게 편한 거야. 농사를 크게 짓는 것도 아니니까. 말술이는 맨날 미친놈처럼 징이나 치면서 농사일에서 손을 뗐으니 갈아달랄 수 없잖아. 영덕이 아부지는 눈코 뜰 사이가 없잖아. 감자, 옥식이, 수수16, 조, 콩 같은 걸 쪼금 심어 먹는 데는 이게 최고야."

나는 할머니에게 할말이 없었다. 할머니는 오직 한 가지 방법밖에 모르는 사람이었다. 변화를 모르는 할머니. 아, 할머니는 왜 이리 오래 살으실까? 이제는 하늘로 갈 나이도 됐는데. 하늘에 계신 할아버지가 보고 싶기도 할 텐데. 나는 그런 생각을 하면서 머뭇거렸다. 순아가 옆에서 호기심 어린 눈으로 나를 살피고 있기 때문이었다.

"어허, 뭐하고 있어."

할머니가 손바닥으로 내 등을 철썩 때렸다.

소가 되어 할머니 스트레스를 풀어 주는 것도 좋은 일이었다. 하지만 순아 앞에서는 정말이지 소가 되고 싶지 않았다. 도살장에 끌려가는 소처럼 느릿느릿 어기적거리며 쟁기가 있는 곳으로 다가가 어깨에 줄을 메었다.

"순아야, 저기 말술이네 밭에 가서 쭉 뻗은 뽕나무를 댓개 꺾어 오렴. 회초리로 딥다 후려치면서 밭을 갈아야 깊게 갈 수가 있는 거란다. 옛날에 할아버지도 나한테 어깨가 시퍼렇게 얻어맞으면서 밭을 갈았단다! 해마다 할아버지를 때릴 수 있는 기회는 이때뿐이었어. 흐흐흐."

할머니가 짓궂은 표정을 하고 말했다.

순아가 아저씨네 밭으로 산토끼[17]처럼 깡충깡충 뛰어가더니 굵고 길쭉한 뽕나무를 한 움큼 꺾어 가지고 왔다.

"어서 밭이나 갈죠. 꾹 눌러서 힘을 주세요."

나는 아무렇지 않은 듯이 말했다.

"영덕이가 작년보다 부쩍 컸으니 올해는 좀 깊게 갈아야지. 작년엔 얕게 갈았더니 곡식이 제대로 되질 않았어. 꽤 피우지 말거라!"

"때리지나 마세요."

"이러이러 마라마라 맘마 이러이러!"

드디어 나는 소가 되고 말았다. 할머니가 회초리로 내 등을 툭툭 치면서 밭을 갈기 시작했다. 남은 속상해 죽겠는데 목매기송아지만 한 순아는 밭고랑으로 졸졸 따라다니며 웃겨 죽겠다고 깔깔대었다.

비탈이 조금 져서 그렇지 땅이 푸석푸석하고 잔돌이 없어서 밭을 갈기에는 그런대로 괜찮았다. 또한 해마다 이맘때면 소가 되었기 때문에 어느 정도 요령을 피우며 쟁기를 끌 수가 있었다. 귀찮게 밭고랑으로 따라다니며 깔깔대던 순아가 무슨 일인지 윗집으로 올라갔다. 그동안만은 신경을 쓰지 않고 쟁기를 끌 수가 있었다.

"이놈의 소새끼가 어따 요령을 피워."

"으이쿠!"

요령을 좀 피우면 어김없이 회초리로 등때기를 후려쳤다. 인정머리라곤 요만큼도 없는 할머니였다. 생각 같아서는 이놈의 쟁기를 팽개치고 노루처럼 산으로 달아나고 싶었지만 꾹꾹 참을 수밖에 없었다.

사실대로 말하자면, 나는 이걸 공짜로 해주는 것이 아니었다. 내가 소가 된 대가로 할머니가 우리 집 뽕을 따주거나 얼마의 돈을 어머니에게 주었다. 그 돈을 나한테 직접 주면 얼마나 좋을까. 어머니는 중간에서 시치미를 뚝 떼고 그 돈을 몽땅 집어삼켰다.

철썩철썩 등때기를 얻어맞아 가면서 밭을 갈다가 궁금해서 윗집을 올려다보았다. 순아가 사진기를 들고 내게 손을 흔들며 내려오는 것이 아닌가. 회초리로 얻어맞으며 쟁기를 끄는 내 모습을 사진기로 찍기만 하면 나는 완전히 망가지고 마는 것이었다. 순아가 나를 자기 부하로 만들 목적으로 사진을 친구나 선생님에게 보일 수도 있는 일이었다. 아니면 사진 전람회에 보내면 전국적으로 망신을 당하게 될 것이다.

"이놈의 소새끼가 맞고 싶어서 환장했어. 이러이러 마라

마라 맘마!"

밭으로 다시 내려온 순아가 내 곁으로 따라다니며 제 할머니 흉내를 내었다. 능구렁이 사건으로 기가 더욱 쌩쌩하게 살아 이리도 펄펄 날뛰는 것 같았다. 할머니 앞에서 욕을 할 수도 없고 속만 새카맣게 탈 뿐이었다.

배꼽이 빠질 정도로 웃고 놀려댄 순아가 드디어 사진을 찍기 시작했다. 잔뜩 화가 나서 우거지상을 하고 있는 나를 찰칵찰칵 찍었다. 특히 할머니가 회초리로 내 등때기를 때릴 때면 어김없이 사진을 찍고 허리를 꺾으며 방정맞게 깔깔대었다. 계집애가 요란하게 떠드는 바람에 원창고개 새들이 다 날아와 구경했다. 정말이지 체면이 말이 아니었다.

"힘들어서 좀 쉬었다 해야겠어요."

나는 치솟는 화를 꾹꾹 누르며 애써 점잖게 말했다.

"아니, 이 녀석이 클수록 꾀를 피우네. 작년엔 저만큼 나가고 나서 쉬곤 했잖아."

"할머니가 좀 끌어보세요. 그전에 할아버지와 밭을 갈 때에는 잘 끌으셨잖아요."

"으흠, 이 나이에 무슨 기운이 있어 이걸 끌겠니."

나는 길섶에 우부룩하게 자라 있는 사철쑥 잎을 뜯어 잘

강잘강 씹으며 울분을 달랬다.

벌 종류의 왕이라 할 수가 있는 말벌을 닮은 곤충 중의 하나가 등에였다. 등에는 우리 집 암소의 등에 앉아 피를 빨아먹는 곤충이었다. 그래서 나는 흡혈귀 같은 등에를 싫어하지만 오늘만은 등에가 나와 비슷하다는 생각이 들었다. 등에는 말벌[18]을 닮았지만 독침이 없었다. 천적들로부터 자신을 보호하려고 말벌을 닮아 있을 뿐이었다. 나의 겉모습은 힘깨나 쓸 만한 남자인데 독침을 가지고 있지 못했다. 그래서 매일 순아한테 쪼이고 목덜미를 꼬집히며 살아가고 있었다.

굿을 하는지 골짜기에서 징소리가 징징징 들려왔다. 징소리에 힘이 가득 담겨 있었다. 원창고개는 그전처럼 생기가 돌았다. 현자가 원창고개로 돌아오자 비로소 사람 사는 동네 같았다. 징소리를 들으며 현자 생각을 하고 있는데, 순아가 "할머니, 사진 찍는 거 잊어먹지 않으셨죠? 내가 밭을 갈 테니 할머니는 사진을 찍어주세요." 하고 말했다.

"이게 보기보단 힘든 거란다."

"사진만 찍으면 되니까 조금 끌어볼게요."

기가 막힐 노릇이었다. 며칠 전에 순아가 할머니에게 사진 찍는 방법을 반나절 동안 열심히 가르쳐 주었다. 이제 보니 오늘을 위해 가르쳐 준 것임에 틀림없었다.

"할머니가 갈으셔야 해요."

나는 할머니에게 사정하듯이 말했다.

"순아가 밭을 갈겠다니 쬐끔 갈아보게 하지, 뭐. 나도 그전 같지가 않으니 순아가 힘 좀 써봐라. 늙으면 그저 뒈져야지. 밭도 제대로 못 갈겠으니, 원. 아이구, 허리야."

할머니가 죽는 시늉을 하면서 순아 말을 들어주었다. 할머니는 황고집이라서 한번 말하면 그게 곧 법이요 진리였다. 참으로 답답한 늙은이였다. 말끝마다 늙으면 죽어야지 하면서 왜 이리도 오래 사시는 것일까? 살 만큼 살았으니 이제 할아버지 곁으로 가도 전혀 억울하지 않을 텐데. 아직 이승에 무슨 미련이 남아 있는 것일까? 매년 봄과 가을로 나를 이렇게 괴롭히는 재미 때문에 할아버지 곁으로 가기 싫어하는 것은 아닐까?

이미 망신도 당할 만큼 당했다. 나는 우거지상을 하고 어깨에 쟁기 끈을 메고 화난 소처럼 앞으로 나아갔다. 역시 순아는 경험이 없는 탓인지 그냥 질질 끌려왔다. 다시 밭귀로 돌자 순아가 낑낑거리며 쟁기를 힘껏 눌렀다. 어깨에 닿아 오는 느낌이 묵직한 걸 보니 힘이 할머니보다 세었다. 밭이 깊게 갈릴수록 나만 힘을 빼게 마련이었다.

할머니가 내 눈치를 슬슬 살피다가 드디어 사진을 찍기 시작했다. 계집애가 제 할머니를 닮아 회초리로 내 등때기를 철썩철썩 때리며 마구 몰았다. 나는 화가 나서 미칠 지경인데, 할머니는 뭐가 그리도 우스운지 흐흐거리며 계속 사진을 찍었다.

나는 한 마리 불쌍한 소가 되고 말았다. 고개를 땅으로 푹 떨구고 엉덩이를 뒤로 쭉 뺀 채 할머니와 순아에게 매까지 맞으며 밭을 갈았다. 완전히 망가진 날이었다. 엉엉 울고 싶었지만 두 인간 앞에서 그럴 수는 없었다.

땅거미가 깔리더니 곧 어둠이 내렸다. 밤이 되자 원창고개는 낮과는 다른 세계가 되었다. 아랫마을 개근내 바위산에서 부엉이[19] 울음소리가 들려왔다. 온갖 곤충들이 소리를 내면서 밤을 새우고, 박쥐[20] 같은 징그러운 것들이 자유롭게 활동하는 시간이기도 했다.

춘천 근방에서 가장 높은 원창고개는 하늘의 별을 관찰하기에 더없이 좋은 곳이었다. 저녁을 먹고 바깥마당에서 별을 관찰했다. 아침부터 저녁까지 나는 순아의 감시에서 벗어날 수 없었다. 진드기 같은 순아의 감시에서 벗어나 맘껏 자유를 누릴 수 있는 시간은 밤뿐이었다. 순아는 이런 것을 알고 있을까? 밤하늘의 수많은 별이 내 가슴에 들어와 반짝반짝 빛나고 있는 것을.

나는 어릴 적부터 밤마다 별을 관찰하곤 했다. 인공위성이 밤하늘을 가로지르며 움직이는 것까지 추적하며 밤을 새운 적도 있었다. 밤하늘은 너무나 광대하며 아름다워 지구에서의 삶만이 전부가 아니라는 것을 깨닫게 되었다. 내가 남들보다 독하지 못한 것은 날마다 밤하늘을 관찰하기 때문일지 몰랐다.

밤이 되었는데 현자가 오지 않았다. 무슨 일이 있는가 싶어 아랫집에 가 보았다. 거기에도 현자는 보이지 않았다. 아저씨는 만삭의 아줌마와 함께 마루에 앉아 있었다. 아저씨도 현자를 기다리며 걱정 어린 눈길로 반딧불[21]처럼 반짝이는 춘천을 내려다보았다.

아랫집에서 현자를 기다리다 집으로 돌아와 손전등을 들고 닭장 안으로 들어가 보았다. 가끔 살쾡이가 나타나 닭을 물어죽이고 훔쳐가기 때문에 닭장 문을 꼭 걸었다. 족제비[22]가 닭장 안의 닭을 해치고 달걀을 물어가기도 했다.

방으로 들어오자 피로가 한꺼번에 밀려왔다. 온종일 땀을 흘리며 힘을 뺀 탓에 눈꺼풀이 저절로 감겨졌다. 얼마쯤 잤을까, 나는 무슨 소리에 잠이 깼다. 언제 왔는지 현자가 아랫목에서 가위에 눌린 듯이 앓는 소리를 내었다.

"누나, 어디 아픈 거야?"

아랫목으로 다가가 현자의 어깨를 흔들어 보았다.

"으휴, 웬 꿈이 이리 사나운지."

"언제 왔어?"

"춘천에 볼일이 있어 갔다가 막차를 놓쳐 택시를 타고 온 거야. 내가 오니까 세상모르게 쿨쿨 자고 있던데?"

"할머니네 밭을 갈아서 피곤했거든."

현자가 담배를 꺼내 물었다. 현자 입에서 술 냄새가 났다. 춘천에 갔다가 술을 마시느라고 늦은 모양이었다.

현자는 밤마다 담배를 피웠다. 무슨 걱정이 있는지 시름 깊은 얼굴을 하고 담배를 피울 때면 나는 속이 상했다. 현자가 객지 바람을 쐬고 오더니 너무 변해버린 것 같았다. 하지만 나는 여전히 현자가 좋았다. 그리고 현자를 믿었다.

"누나가 서울 가 있는 동안 모두 얼마나 걱정했는지 알아?"

"나도 객지에 나가 있는 동안 매일 울곤 했어. 그래도 참

앉어. 연락하면 아버지가 잡으러 올 게 뻔하니까."

"서울 안 가면 안돼?"

"누에 치는 것 거들어주고 서울에 가봐야 돼."

현자가 내 손을 꼭 잡았다. 현자의 손이 가늘게 떨렸다. 어느새 손등이 촉촉하게 젖었다. 현자가 소리 없이 울고 있었다. 가슴 밑바닥에서 솟구치는 울음을 억지로 삼키고 있었다.

많이 배우면 무당이 되기 힘들다며 아저씨는 현자가 그토록 가고 싶어 했던 중학교에도 보내지 않고 일만 시켰다. 대를 이어 무당이 되어야지 그렇지 않으면 요절할 운명이라며 현자의 앞길을 막았다. 그것이 현자에게 한이 되었고 짙은 어둠과 슬픔이 되었다. 혼자 공부해 검정고시에 합격하겠다고 춘천에 가서 책을 사오던 날, 현자는 종아리에 피가 맺히도록 매를 맞았다. 그날부터 현자는 내 방에서 자기 시작했다. 그렇게 매를 맞은 현자는 서울로 도망갈 마음의 준비를 하고 있었던 모양이었다.

이제 아저씨는 현자가 돌아온 것만으로 고맙게 여겼다. 대를 이어 무당을 하지 않아도 좋으니 제발 집에 있었으면 하는 눈치였다. 하지만 이미 현자는 객지 바람이 덕지덕지

묻어 있어서 원창고개에 그대로 남아 있기는 힘들 것 같았다. 꽤 많은 세월이 흐른 다음에야, 현자가 다시 원창고개로 돌아올지 모를 일이었다.

"덕아!"

현자가 흐느껴 울었다.

"아저씨가 대물림 안 해도 좋다고 하니 서울 가지 마."

"내가 집에 있으면 아버지는 다시 그런 말을 할 거야."

나는 현자 때문에 훌쩍훌쩍 울다가 새벽녘에 잠이 들었다.

아침에 잠시 깨었다가 다시 잠을 잤다. 개교기념일이라서 학교에 가는 날이 아니기 때문이었다. 늦잠에서 깨어나 보니 벌써 해가 중천에 떠 있는 시각이었다. 이부자리를 개켜 놓고 앉아 정신을 가다듬고 있는데, 바깥마당 쪽에서 낯선 사내들의 목소리가 들려왔다.

"빚지고 도망가면 누구 망하는 꼴 보려고 그러는 거야?"

"몸이 아파 좀 쉬다가 올라가겠다고 했잖아."

"연순이 그것도 미쳤지. 니가 빚진 거 자기가 다 갚을 테니 널 찾지 말라고 하더라."

여자 목소리는 현자인데 사내들은 낯선 사람이었다. 현자가 사내들과 말다툼을 하는 것 같아 얼른 바깥마당으로 달려가 보았다. 식당 도마처럼 울퉁불퉁하고 험상궂게 생긴 낯선 사내 두 놈이 현자 곁에 위협적인 모습으로 서 있었다.

"누나가 아침 차려줄까?"

현자가 나를 보자 애써 표정을 누그러뜨렸다.

"이따 내가 찾아먹을게."

"손님이 와서 누나가 지금 서울로 가야 하거든. 엄마 오시면 뽕을 따주지 못해 미안하다고 잘 말씀드려. 공부 열심히 해야 돼. 이담에 대학교 들어가면 누나가 학비 대줄게."

현자 눈에 눈물이 그렁그렁 고여 있었다. 현자가 손등으로 눈물을 닦고 사내들이 끌고 온 차에 올라탔다. 현자가 고개를 돌려 손을 흔들며 멀어져 갔다.

갑작스레 현자를 보내고 나자 가슴이 미어졌다. 나는 그만 마당에 털썩 주저앉고 말았다. 이제 차는 보이지 않았다. 현자가 떠난 쪽을 보면서 하염없이 흐느끼다가 인기척에 고개를 들어 보았다. 언제 왔는지 순아가 내 옆에 서서 기분 좋은 일이라도 있는 듯이 생글생글 웃었다.

순아에게 눈물을 보이고 싶지 않아 벌떡 일어나 마당가로 걸음을 옮겼다. 흙도배를 하느라고 산기슭 진흙을 파낸 곳에는 현자와 나만이 알고 있는 청호반새 집이 있었다. 진흙에 구멍을 내고 그 안에서 사는 청호반새였다. 그 앞에서 홀쩍홀쩍 울던 나는 깜짝 놀랐다. 몇 년 동안 보이지 않던 청호반새23가 구멍 안에서 나오더니 서울 하늘 쪽으로 후르르 날아가는 것이었다.

"언니 아주 간 거니?"

"……."

"언니가 직장 때문에 다시 서울로 갔는데 응딕이가 청승맞게 울 까닭이 없잖아. 뚝 그치지 못해?"

나는 창피함도 잊은 채 순아 앞에서 주루룩 눈물을 흘리며 청호반새가 날아간 쪽의 하늘을 바라보았다.

"아유, 이젠 내 세상이 됐으니 날아갈 것 같네."

순아가 주머니에서 손수건을 꺼내 내 눈물을 닦아 주었다.

너무나 화창한 날씨라서 어떻게 된 모양이었다. 순아가 내 뺨에 쩍 하고 입을 맞추는 게 아닌가. 나는 당황해서 어쩔 줄을 몰라 했다. 그때 할머니가 "순아야, 순아야! 이년이 어딜 갔어." 하고 순아를 불렀다. 그러든 말든 순아는 내 곁에 그림자처럼 바짝 붙어 서서 떨어지지 않았다.

얼마 후에 할머니가 다시 "엄마한테 전화가 왔는데 어딜 간 거야. 순아야, 전화 받아, 전화!" 하고 불렀다. 그제야 순아가 정신이 들었는지 "알았어요." 하고 대답했다.

나는 무슨 대단한 죄를 저지른 느낌이었다. 누가 볼까 걱정되어 주위를 두리번대다가 산으로 냅다 뛰지 않을 수 없었다.

1_붉게 익으나 나중에는 검게 변하는 복분자딸기의 복분자처럼 연녹색의 오디는 익으면서 까맣게 변한다. 산골 소년은 바가지에 오디를 가득 따온다. 오디를 손으로 주물럭거려 검은 물을 얼굴에 쓱쓱 바른다. 산골 소년은 봄에 윗집 할머니의 밭을 갈아주고 아직 품삯을 받지 못했다. 윗집 할머니는 산골 소년의 어머니에게 그 품삯을 준다. 산골 소년은 직접 품삯을 받지 못해 억울하다. 산골 소년은  자신의 감정을 얼굴에 칠하고 윗집 할머니의 안마당으로 들어선다. "아니, 깜둥이가 여긴 웬일이야?" 윗집 할머니가 얼른 몸을 돌리더니 산으로 바람처럼 달아난다.

2_하늘의 천사들이 양털을 뽑아 날리면 하루 종일 내리는 눈은 밤이 새도록 그칠 줄 모른다. 진눈깨비가 내리는 날이면 산골의 밤은 끙끙 앓는다. 소나무 가지가 뚝, 뚝 꺾이는 소리가 고요한 밤하늘 속으로 힘겹게 울려 퍼진다. 폭설이 내리면 산골 소년의 집에 쌓아놓은 땔나무가 바닥난다. 아궁이에 불을 지펴야 밥을 하고 추운 겨울 뜨뜻한 아랫목에서 잠을 잘 수가 있다. 눈이 쌓인 산에서 나무를 하기란 쉽지 않다. 그럴 때면 부러진 청솔가지를 모아 가지고 와서 불을 지핀다. 청솔가지에서 구름처럼 나오는 매캐한 연기에 산골 소년은 눈물을 흘린다. 가난을 벗고 도회지에 나가 살고 싶은 마음이 든다. 산골 소년만이 알고 있는 산삼을 캐면 도회지에 전세방이라도 얻어서 공부할 수 있을까. 아궁이 앞에서 눈물을 흘리며 그런 생각을 하다가 고개를 젓는다. 신초(神草)라고 하는 산삼을 캐지 않기로 약속해 놓고 마음이 흔들리면 안 된다. 산삼을 캔 돈으로 도회지에 나가면 크게 잘못될 것 같은 불길한 느낌이 든다.

밖에는 끝없이 눈발이 흩날리고, 아랫마을로 술을 마시러 간 아버지는 돌아오지 않는다. 봄부터 가을까지 죽도록 일을 해놓고 겨울이면 노름으로 빚을 지는 아버지. 그 아버지를 기다리는 산골 소년의 어머니는 짜증을 내고, 산골 소년은 아궁이 앞에서 눈물을 흘리며 청솔가지를 뚝, 뚝 관절처럼 꺾는다.

171

3_몸빛이 흑갈색이며 온몸에 긴 털이 나 있는 송충이는 징그럽다. 산골 소년은 송충이가 징그럽게 생긴 것을 인정해 준다. 그리고 송충이를 만질 생각도 하지 않는다. 송충이의 털에 쏘이면 아프기 때문이다. 거만하게 마당을 가로질러 어디로 향하다가 송충이는 뜻밖에도 큰 적을 만난다. 대추나무에 앉아 있는 까치가 마당으로 내려와 앉더니 부리로 송충이를 한 입에 집어삼킨다. 까치가 산골 소년에게 말한다. "형님, 껍대가리도 없이 까부는 것이 있으면 저에게 말씀하세요. 단 한 입에 해결해 줄 테니까. 이번에도 형님을 위해 일했으니 제발 나를 괴롭히지 마세요." 까치가 고개를 끄덕이며 자기 둥지를 헐지 말라고 통사정한다. "저 까치집이면 라면을 끓이든 밥을 끓이든 한 끼는 충분히 해먹을 수 있지. 참으로 영리한 새야." 윗집 할머니가 까치둥지를 손으로 가리키며 말한다. 산골 소년은 까치둥지를 헐어 라면을 끓여 먹어 본다. 그때부터 까치는 산골 소년을 무서워한다.

4_산골 소년은 낚시를 하러 가기 위해 지렁이를 잡는다. 물고기는 지렁이 냄새를 좋아해 미끼로 사용하기에 더없이 좋다. 산골 소년의 집 주위에는 지렁이가 많다. 지렁이는 산골 소년에게 말을 하지 않는다. 다만 온몸으로 꿈틀거릴 뿐. 도대체 지렁이의 앞은 어디이며 뒤는 어디인가. 지렁이는 몸이 반으로 잘려도 다시 살아갈 수 있다

고 하는데, 그것이 과연 사실인가. 지렁이를 잡는 산골 소년을 보면서 순아가 한마디 한다. "아무리 원시인이라고 해도 그렇지 맨손으로 지렁이를 잡는 게 어디 있니." "여기 있잖아." "그 손으로 세수를 하고 밥을 먹고 또 소변을 보겠구나. 웩! 웩웩!" 순아가 먹은 것을 토하는 시늉을 한다. 그런 말을 하는 순아는 '지렁이도 밟으면 꿈틀한다'라는 속담을 모르고 있는 것 같다.

5_불개미는 낙엽송의 잎으로 높은 집을 짓고 그 밑의 땅속에서 산다. 불개미는 다른 개미보다 독한 독을 가지고 있다. 불개미에 물리면 통증이 느껴진다. 산골 소년은 밤에 공부를 하다가 졸음을 이기지 못하겠으면 낮에 술병 안에 넣어온 불개미를 하나 꺼내 팔뚝에 얹는다. 불개미는 산골 소년의 팔을 있는 힘을 다해 문다. "네놈이 나를 잡아왔지. 못된 놈, 내가 너를 무서워할 것 같아? 그래, 너 죽고 나 죽자. 이놈아, 불개미가 그리도 우습게 보이냐?" 하고 산골 소년의 팔을 문다. 졸음이 밀려와 영어 단어가 외워지지 않다가 불개미에게 물리면 정신이 번쩍 든다. 윗집 순아가 그 사실을 알고는 깔깔대며 놀려댄다. "아프리카 추장의 아들로 태어나야 하는데, 실수로 한국으로 떨어진 게 분명해. 꼴찌를 하면서 공부하는 방식은 참으로 특이하네."

6_가을걷이가 끝나고 한가한 겨울 어느 날, 아랫마을에 서커스 단원

들이 천막을 치고 무료 공연을 시작한다. 무명의 가수들이 흘러간 노래를 부르고, 우스꽝스럽게 분장한 남녀들이 시골 어른들을 웃기고 울리면서 혼을 홀랑 빼놓는다. 추위에 발발 떠는 원숭이는 온갖 몸짓을 하며 시골 어른들에게 즐거움을 준다. 세상에 공짜가 없다는 것을 모르는 사람은 없다. 그들도 먹고 살기 위해, 얼마의 돈을 벌기 위해 공연을 하는 것이다. 그러나 사회를 보는 남자의 입담에 시나브로 녹은 어른들은 그 사실을 잠시 잊고 만다. 현실에서 벗어나 요정의 나라에 들어간다. 드디어 그들은 본심을 슬슬 드러낸다. 결코 싸지 않은 만병통치약을 소개한다. 보통 때라면 속아서 그런 약을 구입할 어른들이 아니다. 모든 병을 고친다는 만병통치약을 사고 겨우내 가슴을 앓는다. "요놈의 새끼들, 다시 오기만 해봐라. 요절을 내줄 테니. 비싼 만병통치약 먹고 설사만 나잖아." 윗집 할머니가 이를 갈면서 말한다. 그리고 삼 년 뒤에 그들이 오면 윗집 할머니는 다시 만병통치약을 산다. 요정의 나라에 들어가면 어쩔 수 없는 모양이다.

7_ 쇠똥구리는 여름철에 쇠똥을 둥글게 뭉쳐 굴리어 흙 속에 묻고 그 속에 알을 낳는다. 쇠똥구리의 생김새는 멋지다. 그런 녀석이 쇠똥을 좋아한다는 게 어울리지 않는다. 하긴 생긴 것과는 다르게 살아가는 짐승이나 사람이 얼마나 많은가. 쇠똥구리가 쇠똥을 좋아한

다고 비웃을 일은 아니다. 쇠똥을 좋아하든 말똥을 좋아하든 쇠똥구리는 다른 것에 피해를 주지 않는다. 겉은 그럴싸하면서 남을 울리는 사기꾼과 도둑이 많다는 것을 산골 소년은 알고 있다. 조리텃골

아저씨가 우시장에서 황소를 팔고 그 돈을 몽땅 잃고 만다. 홧김에 며칠 동안 안주도 없는 소주를 마시다가 위에 구멍이 생겨 병원에 입원한다. 쇠똥구리는 산골 소년의 암소가 떨어뜨린 쇠똥만 있으면 행복하다. 암소는 풀만 있으면 행복하고, 풀은 적당한 비와 햇살만 있으면 행복하다. 산골 소년은 생각해 본다. 무엇을 가지고 있으면 행복할까. 하나 둘 셋…… 행복의 끝은 죽음일지 모른다는 생각이 든다.

8_폭탄먼지벌렛과의 곤충으로 몸빛은 누르고 겉날개가 검은 방귀벌레는 산골 소년을 싫어한다. 아니, 무서워한다. 산골 소년이 방귀벌레의 약점을 다 알고 있기 때문이다. 산골 소년이 가느다란 나뭇가지로 방귀벌레를 건드릴 때마다 방귀를 뿡, 뿡 뀐다. 그러나 방귀벌레가 가스를 내보내는 양에는 한계가 있다. 계속해서 가스를 내보낼 수 없다. "이놈아, 방귀를 뀌려면 윗집 순아가 잠잘 때 콧등

에 올라가 북, 북 뀌어야지 감히 누구 앞에서 독한 가스를 내보내는 거야?" 산골 소년이 호통을 친다. 방귀벌레는 할말이 많지만 더 이상 내보낼 가스가 없으므로 입을 다문다.

9_소낙비 그친 여름날 오후, 고추잠자리들이 하늘을 날아다닌다. 잠

자리처럼 투명한 날개가 있다면 얼마나 좋을까. 산골 소년은 뽕나무 가지에 앉아 있는 잠자리를 잡는다. 잠자리의 배에 가는 실을 매어 놓는다. 잠자리는 비행기가 되어 하늘로 날아오르다가

산골 소년이 실을 잡아당기면 땅으로 내려온다. 비행기 조종사가 된 산골 소년은 세계 일주를 한다.

10_ 새에게는 공중도덕이 없는 것일까. 모든 새가 다 그런 것은 아니겠지만, 공중에서 날갯짓하면서 똥을 싸는 새가 있다. 산골 소년은 길을 걷다가 머리에 무언가 떨어져 손으로 만져 본다. 어느 새가 무례하게 남의 머리에 똥을 떨어뜨리고 미안하다는 말도 없는가. 고개를 들어 보니 벌써 구름 속으로 숨었는지 보이지 않는다. 산골 소년은 씩씩대며 집으로 돌아오다가 연못가에 앉아 물로 머리를 닦는다. 너무 급해서 하늘에서 그만 볼일을 본다는 게 산골

소년의 머리에 떨어진 것일지 모른다. 좋은 쪽으로 생각하면 머리에 새똥이 떨어졌다고 화낼 것은 없다. 하늘에서 떨어지는 운석에 머리를 맞으면 그 자리에서 죽고 만다. 얼마나 다행인가.

11_개구리 낯짝에 물 붓기. 그런 속담처럼 윗집 순아가 산골 소년을 촌놈이라고 하면서 싸움을 걸어도 조금도 먹혀들지 않는다. 촌놈을 촌놈이라고 하는데 화를 낼 이유가 없다. 그러나 언제까지 산골에서 촌놈 소리를 들으며 살아가지는 않으리라. 마음대로 할 수가 있다면 곧 이곳을 벗어나 도회지에 가서 살고 싶다. 개구리도 옴쳐야 뛴다, 라는 속담이 있다. 당장 산골을 벗어나는 것보다 고등학교를 마치고 더 넓은 세상으로 나가는 것이 옳다고 생각한다. 준비도 없이 세상으로 나가면 어떻게 될지 모른다.

순아 엄마는 학생 시절에 공부를 잘해 천재 소리를 들었다. 전액 장학금을 받으며 대학을 졸업했다고 하니 정말 공부를 잘한 모양이다. 서울에서 대학을 나온 순아 엄마는 돈 많은 남자와 결혼한다. 한마디로 출세한 것이다. 그러나 순아 엄마도 원창고개 출신이다. 처음부터 잘난 것이 아니다. 순아 엄마는 산골 소년을 우습게 여길 여자가 아니다. 만일 우습게 여긴다면 정말 개구리 올챙이 적 생각을 못하는 것이다. 순아 엄마는 산골 소년을 함부로 대하지 않는다. 다만 그 딸에게 문제가 있을 뿐이다.

12_ 추운 겨울, 지붕 끝에서 고드름이 자란다. 고드름은 세상이 거꾸로 보이는 것일까. 산골 소년은 나무에 올라가 고드름처럼 거꾸로 매달려 본다. 모든 세상이 거꾸로 보인다. 넓고 푸른 하늘은 끝없이 펼쳐져 있다. 하늘이야말로 가장 아름답고 행복한 공간이라는 생각이 든다. 흰 구름이 모양을 조금씩 바꾸어 가면서 어디로 향하고 있다. 산골 소년은 날렵하게 흰 구름에 올라탄다. 하늘 위에 또 하늘이 있고, 그 하늘 위에 또 하늘이 있으리라. 거기에도 사람이 살고 있겠지. 가난과 전쟁이 없고 평화가 가득한 하늘에서. 새보다 높이 올라간 산골 소년은 원창고개를 내려다본다. 원창고개는 모래알처럼 작은 점에 불과하다. "새까만 점으로 보이는구나." 산골 소년이 혼잣말한다. "눈이 삐어도 단단히 삐었구나. 미스코리아 후보가 새까만 점으로 보이니? 그래, 내가 고작 점순이로 보여?" 순아가 산골 소년의 코를 아프게 비튼다. 그 순간 흰 구름은 가뭇없이 사라지고 무슨 까닭인지 씩씩대는 윗집 여자가 보인다.

13_ 윗집 할머니는 사나운 남자도 우습게 여기는 여자이다. 그런 할머니가 무서워하는 것이 하나 있다. 뱀이다. 왜 뱀을 그토록 무서워하는지 모르겠다. 산골 소년의 어머니 역시 뱀을 무서워한다. "뱀 중에서 어떤 뱀이 제일 무서워요?" 산골 소년이 묻는다. "무

서운 게 어디 있어. 뱀을 잡아먹기도 하는데." 윗집 할머니가 작대기로 뱀을 툭툭 친다. "영덕아, 이 항아리가 지옥이야. 뱀은 지금 지옥에 갇힌 거지. 그러니까 영덕이는 지옥사자가 된 것이지. 그만 가봐야겠구나. 지옥사자 옆에 있어 좋을 것이 하나도 없으니까. 어어, 지옥사자가 무서워, 무서워. 오줌을 다 싸겠네." 윗집 할머니는 정말 뱀이 무서운 모양이다. 사시나무 떨듯 몸을 부르르 떨더니 윗집으로 바람처럼 사라진다.

14_가을이 되면 산골 소년은 바깥마당에서 콩을 타작한다. 도리깨질하면서 하루를 보내야 한다. "그 일이 그렇게 힘드니?" 옆에서 도리깨질하는 걸 지켜보던 순아가 묻는다. "힘들긴, 해마다 하는 일인데." 산골 소년은 도리깨질하는 일이 힘든 게 아니다. 그보다 힘든 것은 마음에 있는 나쁜 감정이다. 그동안 미워하던 사람이 있다. 그 사람을 콩이라고 생각하고 힘껏 도리깨질을 한다. 그 사람은 콩이 되어 아프게 얻어맞는다. 남을 미워하는 것은 정말 힘든 일이다. 미움보다 사랑이 좋은 것인데, 마음대로 되지 않는다. 박수로 유명한 아랫집 아저씨는 자가용까지 끌고 다닐 정도로 돈을 잘 번다. 아랫집 아저씨는 현자에

179

게 대를 이어 무당이 되기를 원한다. 그것이 싫은 현자는 눈물을 흘리며 가출한다. 그 일로 인해 산골 소년은 아랫집 아저씨를 미워한다.

아랫집 아저씨가 타작마당에 와서 담배를 뻑뻑 피우며 구경한다. "이리 줘. 누나가 해볼게." 순아가 산골 소년에게서 도리깨를 빼앗아 들고 도리깨질을 시작한다. 도리깨를 휘두르는 게 서툴러 아랫집 아저씨의 얼굴을 때린다. 아랫집 아저씨가 코를 감싸 쥐고 죽는 소리를 낸다. 아랫집 아저씨를 미워하는 사람은 산골 소년이다. 그런데 순아가 아랫집 아저씨의 얼굴을 때리고 온갖 아양을 떨면서 잘못을 빈다. "아우, 코뼈가 부러진 모양이네. 이쁜 순아가 때렸으니까 봐주는 거야. 영덕이가 때렸으면 당장 경찰을 불러 고소를 할 텐데. 어느 놈이 자꾸 신고를 하는지 요번에 멧돼지 한 마리 잡아먹고 교도소 들어갈 뻔했어. 잡히기만 해봐라, 이렇게 요절을 내줄 테니까." 아랫집 아저씨가 도리깨를 잡더니 숨을 거칠게 내쉬며 산골 소년의 일을 대신 해준다. 아랫집 아저씨도 누군가를 미워하고 있는 모양이다. 산골 소년은 콩이 되어 아프게 얻어맞는다.

15_ 겨울에 산골 소년의 집에서 가장 따뜻한 곳은 아궁이 앞이다. 언 몸을 녹일 수 있다. 아침 일찍 일어나 아궁이에 불을 지필 때 산

골 소년은 조심한다. 도둑고양이 녀석이 아궁이 안에서 잠을 자고 있기 때문이다. 나무를 잔뜩 아궁이에 넣고 불을 때면 도둑고양이는 밖으로 나올 구멍이 없어서 죽고 만다. 나무를 조금 아궁이에 넣고 불을 때기 시작하면 도둑고양이는 그제야 후다닥 밖으로 튀어나와 어디로 가버린다. 순아는 고양이나 개를 무척 좋아한다. 도둑고양이를 잡아 목에 줄을 매어 기르면 집에서 살아갈 수 있으리라. 산골 소년은 도둑고양이를 잡아 순아에게 선물로 줄 생각이다. 도둑고양이와 소녀.

16_ 식용 작물의 한 가지로 볏과의 일년초. 가을에 줄기 끝에 달린 이삭이 고개를 숙이면 새들이 앉아 종알대며 즐거운 식사를 한다. 이삭을 털고 나서 방바닥을 쓰는 비를 만든다. 산골 소년은 수수깡 껍질을 벗기고 안경을 만든다. 안경을 쓰면 세상이 잘 보이는 것일까. 눈의 안경은 사물이 잘 보이겠지만, 마음의 안경은 악을 멀리하고 선을 찾는 양심이라 생각한다.

17_ 토끼의 귀는 길고 크다. 힘이 없고 겁이 많은 토끼는 소리를 잘

듣기 위해 귀가 큰 것일까. 겨울에 싸리나무 줄기를 야금야금 갉아먹는 토끼의 이빨은 강하다. 그 이빨로 다른 것을 잡아먹으면 될 텐데, 착한 토끼는 풀과 나무를 먹으며 산다. 토끼가 좋아하는 토끼풀에 행운이 있다고 한다. 줄기 끝에 심장 모양의 잎이 네 개 달린 네 잎 클로버. 여름에 흰 꽃이 핀다. 산골 소년은 토끼풀의 꽃으로 반지와 목걸이를 만든다. 누구에게 주려고, 누구를 생각하며 반지와 목걸이를 만든 것일까. 꽃반지와 꽃목걸이는 밤이 지나면 시든다. 그러나 꽃반지와 꽃목걸이는 마음에서 지워지지 않는다.

18_가슴에 긴 털이 많고, 몸빛은 흑갈색이나 머리는 황갈색을 띤 말벌은 바위나 나뭇가지에 농구공만 한 집을 짓는다.

사람은 한번 세상에 태어나면 반드시 죽어야 한다. 불로장생을 하는 약초나 약은 없다. 날마다 만병초를 달여 마셔도 사람은 죽

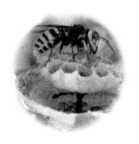

게 마련이다. 태어날 때는 모두 비슷하지만 죽는 모습은 다양하다. 병원에서 앓다가 죽는 사람, 교통사고로 죽는 사람, 자살하는 사람, 산을 오르다 만년설에 덮여 죽는 사람, 물에 빠져 죽는 사람, 짐승에 물

려 죽는 사람, 뱀에 물려 죽는 사람… 말벌에 쏘여 죽는 사람도 있다. 사람도 말벌처럼 독침을 가지고 있다. 어쩌면 사람의 혀는 말벌보다 무서운 독침일지 모른다.

19_ 올빼미과의 새. 날개가 길며 몸빛은 회색 바탕에 갈색 또는 담황색의 가는 가로무늬가 있다. 눈이 크고 머리 꼭대기에 귀 모양의 깃털이 있다.

밤이 깊어지면 간헐적으로 아랫마을 개근내 바위산에서 부엉이의 울음소리가 들려온다. 부엉! 부엉! 하고 우는 소리는 왠지 쓸쓸하게 느껴진다. 가슴에 외로움을 가득 담고 있다가 토해내는 듯한 소리. 바위산 소나무에 앉아 이슬을 맞으며 울고 있는 부엉이. 새벽녘 안개를 뚫고 가느다랗게 들려오는 기적소리처럼 부엉이 울음소리는 산골 소년의 가슴을 촉촉이 적신다.

20_ 새처럼 날아다니는 유일한 포유류. 박쥐는 날개가 없는데 새처럼 날아다닌다. 앞다리 발가락 사이의 피막이 날개 구실을 한다. 몸과 머리가 쥐처럼 생겼지만 쥐는 아니다. 시력이 거의 퇴화되었지만 충돌 사고를 일으키지 않는다. 낮에는 어두운 곳에 숨어 있다가 밤에만 날아다니는 박쥐는 가끔 방문을 열어놓은 산골 소년의 방으로 들어온다. 겨울에 볕이 잘 드는 산에서 고슴도치를 본 적이 여러 번 있다. 고슴도치보다 괴상망측하게 생긴 박쥐는 초

음파를 내어 산골 소년이 앉아 있는 위치를 파악한다. 산골 소년을 피해 날아다니다가 가까스로 방문을 통과해 밖으로 빠져나간다.

21 _밤에 개똥벌레의 꽁무니에서 반짝이는 불빛. 머나먼 별에서 떠내려 온 꿈 한 조각. 산골 소년은 개똥벌레들을 잡아 머리카락 속에 넣는다. 칠흑 같은 어둠 속에 서 있는 산골 소년의 머리에서 별의 언어가 반짝인다. 순아가 산골 소년을 찾으러 밖으로 나오다가 탄성을 지른다. "어느 별에서 오신 왕자이신가요?" 순아가 떨리는 목소리로 묻는다. 가난한 산골 소년은 여름밤에 별의 왕자가 된다. 그러나 어느 별에서 왔는지 기억이 나지 않는다. 유구무언(有口無言)이다.

22_ 순아는 산골 소년의 집에서 저녁을 먹을 때가 많다. 산골 소년의 어머니는 순아를 딸처럼 귀여워한다. "순아야, 할머니가 혼자 저녁을 드시잖아. 집에 가서 밥을 먹어야지 왜 남의 집에서 밥을 매일 먹으려는 거야?" 산골 소년이 밥을 먹으면서 말한다. "밥은 혼자 먹는 것보다 여럿이 함께 모여 먹어야 맛있는 법이야. 넌 그런 것도 모르니?" 순아가 생글생글 웃으면서 말한다. "족제비도 낯짝이 있다." 산골 소년은 순아에게 예의를 갖춰 말한다. 그러나 순아는 말귀를 못 알아듣는다. "아줌마, 족제비 낯짝이 어떻게 생

졌나요?" 순아가 묻는다. "족제비 낯짝은 영덕이 얼굴처럼 생겼어." 산골 소년의 어머니가 한술 더 떠서 말한다. "아, 그렇군요. 영덕이도 낯짝이 있다. 이렇게 말해도 되겠네요." 산골 소년의 어머니와 순아가 배를 움켜쥔 채 깔깔댄다. 소쩍새는 솥이 적다고 "소쩍! 소쩍!" 하고 울고 있는데, 산골 소년의 어머니와 순아는 밥상을 앞에 놓고 깔깔 웃기만 한다.

23_ 바깥마당가에는 흙도배를 하기 위해 붉은 진흙을 파낸 곳이 있다. 그 벽에 구멍을 내고 청호반새가 살고 있다. 청호반새가 그곳에 살고 있는 걸 알고 있지만 쉽게 접근할 수 없다. 구멍 앞에서 청호반새의 집을 살핀다면 다른 곳으로 영영 날아갈지 모른다. 산골 소년은 청호반새의 집을 모르고 있는 듯 행동한다. 청호반새 근처에 접근하지 않으면서도 마음은 늘 그곳에 가 있다.

현자가 서울로 간 다음날부터 나는 겨울 개구리처럼 입을
열지 않았다. 사내들에게 강제로 끌려간 현자가 어떻게 살아
갈지 생각하면 어떤 날은 꼬박 밤을 새우며 눈물을 흘렸다.
고지식하며 우매한 아저씨가 너무 얄미워 길에서 만나면 인
사도 하지 않은 채 외면해버렸다.

　산골에서 한 점의 흠도 없이 자란 현자가 어떻게 술집 여
자가 될 수가 있단 말인가. 물론 그 모든 잘못은 현자에게 있
었다. 하지만 나는 그 잘못이 아저씨에게 있다고 생각되었

다. 만일 현자가 다른 여자처럼 공장에 취직했다면 나의 마음이 갈기갈기 찢어지지 않았을 것이다. 너무 순진한 탓에 서울에 올라가 발을 잘못 들여놓은 모양이었다. 하루빨리 악마 같은 사내들의 손에서 벗어나 빛 가운데에서 살아가기를 바랄 뿐이었다.

"웅딕아, 왜 말이 없는 거야?"

순아는 답답해서 미치겠다는 표정을 지었다.

"정말 벙어리가 된 거야?"

순아가 나의 허벅지를 아프게 꼬집었다.

"말을 해봐, 말을. 언니가 서울로 갔다고 그러는 건지 아니면 삶의 심각한 고민이 있는지 말을 해봐. 가령 웅딕이가 한 여자를 사랑하는데, 그 여자 앞에 있기만 하면 가슴이 쿵 닥거리고 수줍어서 말을 못하는 건지 말을 해봐. 내가 웅딕이의 모든 고민을 해결해 줄게."

일요일이라서 마루에 넋을 놓고 앉아 있다가 순아 때문에 짜증이 났다. 순아가 나를 툭툭 치고 꼬집으며 딱따구리1처럼 딱딱거렸다. 나는 마루에서 벌떡 일어나 바깥마당으로 나와 버렸다.

순아는 도깨비바늘2의 열매처럼 내 곁에서 떨어지려고 하지 않았다. 내 몸을 만지고 꼬집고 더듬다가 발로 엉덩이를 뻥뻥 차면서 괴롭혔다. 여느 때 같았으면 순아에게 화를 냈겠지만 나는 불쌍한 현자만을 생각하고 있었다.

나는 서울 하늘로 시선을 던지며 가까스로 눈물을 참았다. 내가 현자를 도울 수 있는 방법은 전혀 없었다. 아저씨에게 떼를 써 현자를 찾아오라고 할 수도 없는 일이었다. 아저씨는 아줌마에게 푹 빠져 있어서 이미 현자의 일을 까맣게 잊은 듯한 표정이었다.

내가 현자를 위해 할 수 있는 것은 오직 공부밖에 없었다. 현자가 그토록 하고 싶어 하던 공부를 내가 대신하는 수밖에 없었다. 현자의 몫까지 공부하려면 꼴찌에서 벗어나 원래의 자리로 돌아가는 수밖에 없었다. 그러려면 얼마 동안 내 자리를 차지하고 있던 순아는 뒤로 물러나지 않으면 안 되었다.

나는 오리나무 가지를 꺾어들고 마당에 쪼그려 앉아 글을 쓰기 시작했다.

〈순아야, 내가 시험에서 일등을 하면 내 곁을 떠나 서울로 가줄 수 있니?〉

벙어리처럼 말이 없던 내가 글을 쓰자 순아의 얼굴에 금방 화색이 돌았다. 순아가 내 앞에 쪼그려 앉아 재미있다는 듯이 키득키득 웃었다. 훌륭한 몸매가 드러나도록 몸에 꼭 끼는 청바지를 입은 순아가 내 앞에 쪼그려 앉는 바람에 나의 얼굴은 홧홧 달아올랐다. 매일 그런 모습을 보는데도 나는 여전히 순아를 제대로 보기가 힘들었다. 그런 것을 보면 순아는 보통 매력이 있는 여자가 아니었다.

〈그러잖아도 엄마가 서울로 올라오라고 재촉을 하고 있거든. 웅딕이가 일등을 하면 그 다음날로 책가방을 싸서 서울로 갈게〉

순아가 생글생글 웃으며 막대기로 마당에 그렇게 썼다. 아직 순아는 나의 실력을 제대로 알지 못하고 있는 것임에 틀림없었다. 나의 실력을 알고 있었다면 그런 글을 쉽게 쓸 수 없을 것이다.

〈내가 일등을 했는데도 서울로 가지 않을 수 있잖아〉

순아는 그러고도 남을 인간이었다. 내가 시험에서 일등을 하면 그 다음날 책가방[3]을 싸들고 서울로 가기는커녕 나를 더욱 들볶으며 괴롭힐 인간이었다.

〈누나는 약속을 어긴 적이 없어. 비록 여자이지만 약속은 목숨을 걸고 지킨단다〉

〈약속을 어기면 너는 나의 밥이다〉

나는 주먹을 불끈 쥐어 순아 앞으로 내밀었다.

〈약속을 어기면 그때부터 웅딕이를 오빠라고 불러줄게〉

오빠! 순아가 나를 오빠라고 부른다면 정말 세상 살맛이 날 것이다. 나를 오빠라고 부른다면 순아가 나를 괴롭히고 짜증나게 만들어도 얼마든지 참아줄 수 있었다. 그 말을 들으면 밥을 먹지 않아도 배가 부르고 잠을 자지 않아도 피곤하지 않을 것이다.

내가 약간의 실수를 해서 순아에게 일등 자리를 빼앗긴다면 정말 힘든 나날을 보내야 할 것이다. 나는 나의 실력을 믿고 있었다. 하지만 순아의 실력도 만만찮기 때문에 내가 반드시 일등을 한다고 장담할 수 없었다.

내가 일등을 할 가능성이 높지만 순아에겐 든든한 후원자가 곁에 있었다. 총각인 담임선생이 순아를 죽어라고 좋아해서 나쁜 일을 저지를 수도 있었다. 순아가 나의 실력을 눈치채고 담임선생에게 어려운 문제의 답을 가르쳐 달라고 하면 나는 순아에게 일등 자리를 빼앗기고 말 것이다.

"순아야, 빨리 집에 가서 죽어라고 공부해. 괜히 일등 자리를 내게 빼앗기고 서울로 쫓겨 가지 말고."

나는 봄을 맞은 개구리처럼 어렵게 입을 열었다.

"어쭈, 말을 다 하네. 나는 웅딕이가 벙어리가 된 줄 알고 무척 걱정했는데. 그동안 어디가 잘못됐는지 입을 좀 보자."

순아가 치과의사처럼 손으로 내 입을 벌렸다.

"누가 보면 어쩌려고 그래."

"누가 보면 뭐 어때."

"나물꾼들이 보면 너와 나 사이의 어떤 관계에 대해 오해할 수도 있잖아."

그 말에 순아가 고개를 젖히고 방정맞게 웃었다.

"웅딕이가 나를 몹시 좋아하고 있는 것은 춘천 시민이 이미 다 알고 있는 일이야. 자식아, 남자가 왜 그 모양이니. 좋아하면 좋아한다고 솔직히 말해봐."

순아가 내 입술에 자신의 입술을 가까이 대면서 말했다.

나는 심장이 콩닥거리고 얼굴이 달아올랐다. 계집애가 시간이 지날수록 점점 이상하게 미쳐 가는지 엉뚱한 짓을 하려고 들었다. 이제 나는 순아의 그런 짓에 면역이 되어 바보처럼 도망가지 않았다. 하지만 속으로 몹시 당황하지 않을 수 없었다.

"나를 좋아하는 여자는 순덕이야. 그리고 내가 좋아하는 여자는 음악 선생님이야! 인생이란 이토록 복잡한 것이지. 순덕이는 나를 좋아하고, 나는 다른 여자를 좋아하고 있으니 말이야. 게다가 순아도 나를 죽도록 좋아하고 있잖아."

나는 철학자처럼 말했다.

초등학교 시절에 순덕이는 목숨을 걸고 나를 좋아하던 계집애였다. 순덕이는 얼굴이 맏며느리처럼 복스럽게 생겼다. 나는 그런 순덕이가 마음에 들었다. 그래서 초등학교 시절에는 순덕이와 붙어 다니면서 행복하게 지냈다. 그런데 중학생이 되어 내가 꼴찌를 하자 순덕이가 공부를 잘하는 남학생을 좋아하는 바람에 우리 사이는 멀어지고 말았다.

요즘 순덕이가 나를 다시 좋아하기 시작했다. 그 남학생은 공부에만 전념하기 위해 순덕이와 헤어지겠다고 선언했다. 자존심이 상한 순덕이는 나를 따라다니며 관계 회복을 위해 자신의 용돈을 펑펑 썼다. 순덕이는 아랫마을 부잣집 딸인데 매일 내게 맛있는 것을 사주며 마음을 얻으려고 눈물겨운 노력을 하고 있는 중이었다. 세상 모든 일은 돌고 돈다는 어른들의 말처럼 순덕이는 내 곁으로 돌아왔다. 현자의 일로 힘든 나날을 보내면서도 내가 다시 일어설 수 있었던 것은 순덕이의 힘이 꽤 컸다.

아직 나는 순덕이에게 그전처럼 잘 대해 주지 않았지만 야멸치게 뿌리치지는 않았다. 어느 정도 거리를 두고 순덕이의 마음을 조금씩 받아주며 상황을 냉철하게 지켜보고 있었다. 내 곁에는 언제나 순아가 그림자처럼 따라다니고 있었기에 갑자기 순덕이에게 마음이 쏠리면 큰 사건이 터질 것만 같았다.

　"이 누나가 미쳤다고 산골 촌놈을 좋아하겠니? 서울에 가면 나를 좋아하는 세련되고 품위 있는 부잣집 오빠들이 십리 밖까지 줄을 섰는데. 다만 나는 웅덕이 누나로서 웅덕이가 날라리 계집애와 사귀어 인생을 망치는 것을 보고 있을 수 없었어. 그래서 늘 보호를 하면서 관심을 가지는 것뿐이야."

　"이제 나는 내 일을 알아서 할 수 있는 나이의 남자야."

　"두꺼비4와 하루 종일 노는 웅덕이는 세상 물정을 잘 몰라. 눈 뜨고 코 베이는 세상에서 웅덕이가 적응하려면 누나가 옆에 있어야 돼. 아마도 웅덕이가 군대에 끌려갈 때까지 곁에 있어야 될 것 같아. 군대에 끌려가면 그때는 나라에서 웅덕이를 보호하고 잘 지도해 줄 테니까. 잃어버린 두꺼비는 찾았니?"

순아가 내 눈치를 살피며 생글생글 웃었다.

현자가 서울로 간 다음날부터 나는 모든 것이 귀찮고 싫어졌다. 비 내리는 날 마당에 어슬렁거리는 두꺼비를 잡아 방에 옮겨놓았다. 학교에 가지 않는 날은 꼴 베는 시간을 빼고 하루 종일 방에 앉아 두꺼비가 파리를 잡아먹는 것을 지켜보며 시간을 보냈다. 나는 순아를 거들떠보지도 않고 두꺼비와 놀면서 현자에 대한 아픔을 삭였다. 모든 것이 그렇지만 시간이 약이었다. 현자에 대한 아픔도 시간이 지나면 차츰 가라앉을 것이다.

"두꺼비를 어디다 버렸는지 말해봐."

"얘가 생사람을 잡네. 내가 어떻게 징그러운 두꺼비를 손으로 잡을 수 있어."

"장갑을 끼고 두꺼비를 집어 어디다 버렸겠지."

"나는 요조숙녀5라서 두꺼비를 만지지 못해."

"네가 두꺼비를 잡아 밭에다 버렸다는 것을 다 알고 있어. 내가 무엇을 가지고 놀든 네가 참견할 바가 아니잖아."

"사실 나는 옹딕이에게 참견하고 싶지는 않지만 너네 엄마가 내게 신신부탁하는 바람에 그러는 거야. 이웃에 살면서 그런 부탁을 차마 거절할 수 없잖아."

"그런 참견은 필요 없어."

"그래, 여자가 없어서 순덕이를 좋아하냐?"

갑자기 순아가 주먹을 쥐고 내 아랫배를 세게 때렸다.

"왜 때리는 거야?"

"까불지 말고 공부나 열심히 해. 꼴찌를 하는 녀석이 날라리 계집애와 연애까지 하면 볼장 다 보는 거니까. 불쌍하고 안타깝고 한심한 녀석이구나."

"내가 좋아하는 여자는 음악 선생님이라고 했잖아."

"너 변태구나!"

"내가 왜 변태⁶야?"

"연상의 여인을 좋아하는 것까지 변태는 아니지만, 음악 선생님은 너의 스승이야. 스승을 여자로서 좋아한다는 것은 정신적인 큰 문제가 있는 거야. 정신병원에 들어갈 정도의 문제지만 걱정하지 마. 그런 것은 누나가 다 치료해 줄게. 너는 누나 곁에서 맴돌면 항상 안전하게 살아갈 수 있어."

"정말 눈물이 나오도록 고맙구나."

"다시 말하지만 머리에 피도 안 마른 것이 여자 엉덩이나 졸졸 따라다닐 생각은 말고 공부나 열심히 해. 제발 부탁인데 밤새도록 공부해서 일등을 해보렴. 그러면 누나가 이렇게 뽀뽀를 해줄게."

정말 계집애가 미쳤는지 내 볼에 쩍 하고 입을 맞추는 게 아닌가. 나는 누가 나를 지켜보고 있는지 걱정이 되어 주위를 두리번대다가 안마당으로 달아나지 않을 수 없었다. 말똥가리7가 잣나무에 앉아 한심하다는 듯이 나를 내려다보았다. 그러다가 날개를 푸드덕거리며 조리텃골 쪽으로 날아갔다.

순아는 매우 위험한 여자였다. 그런 순아와 함께 더 이상 원창고개에서 살아가고 싶지 않았다. 순아는 서울에서 짧은 치마를 입고 친구들과 함께 거리를 휘저으며 노는 것이 어울리는 계집애였다. 나는 원창고개에서 두꺼비, 곤충, 나무들과 함께 노는 것이 어울리는 사람이었다. 순아와 함께 있는 동안 나도 모르게 순아에게 오염이 된 듯한 느낌이 들었다. 이번에는 반드시 일등을 차지해 순아를 원창고개 밖으로 밀어내고 말겠다고 나는 이를 옥물며 다짐했다.

우리의 관계는 1학기 기말 시험을 통해 악화되고 말았다. 시골 중학교는 발칵 뒤집혔고 그 중심에는 바로 내가 놓여 있었다. 1학년부터 3학년까지 늘 꼴찌를 하던 녀석이 어느 날 혜성같이 나타나 일등 자리를 차지했다. 그러므로 학교

197

전체가 발칵 뒤집힌 것은 지극히 당연한 일이었다.

신은 스스로 돕는 사람을 돕는다는 말이 있듯이 노력도 하지 않으면서 일등을 하겠다는 것은 한낱 헛된 망상에 지나지 않을 뿐이었다. 나는 일등을 차지하기 위해 잠을 줄여 가면서 공부했다. 공부를 못하던 학생이 일등을 했다면 선생님과 모든 학생들에게 축하를 받는 것이 당연했다. 그런데도 축하는커녕 심한 곤욕을 치렀다.

내가 일등을 하자 가장 크게 기뻐한 사람은 순덕이었다. 초등학교 시절 순덕이는 내가 공부를 잘했기 때문에 나를 좋아했다. 순덕이는 공부를 잘하지 못하기 때문에 공부를 잘하는 남학생을 병적으로 좋아하는 습관을 가진 여학생이었다. 내가 일등을 하자 순덕이는 마치 자신이 일등을 한 것처럼 좋아하며 눈물을 글썽였다. 그날 우리는 학교 수업이 끝나고 중국집에 들어가 제법 비싼 음식을 먹으며 화기애애한 분위기 속에서 많은 대화를 나누었다.

"나는 언젠가 영덕이가 공부를 잘할 거라고 믿고 있었어. 초등학교 시절에는 천재였으니까."

"그동안 너 때문에 마음이 좀 괴로웠어."

"영덕이는 내 첫사랑이야. 잠깐 바람을 피웠지만 다시 돌아왔으니 화끈하게 용서해 주리라 믿어."

"그럼, 내 마음은 넓고 푸른 바다와 같지. 그동안의 잘못을 다 이해하고 용서해 주겠어."

내가 일등을 한 기념으로 순덕이가 한턱냈다. 그 음식 중에는 소주도 섞여 있었다. 워낙 날라리 계집애로 놀았기 때문에 순덕이와 그 친구들은 소주를 물 마시듯이 가볍게 마셨다. 나는 술잔을 앞에 놓긴 했지만 소주를 마시지는 않았다. 학년 전체에서 일등을 한 학생이 소주를 마시면 학교 망신이었다. 그때 방문이 벌컥 열리더니 담임선생이 들이닥쳤다. 담임선생 뒤에는 순아가 강력반 형사[8]처럼 서 있었다.

"너희들 거기서 뭐하는 거야?"

담임선생이 허리에 손을 척 얹고 물었다.

"간단하게 요기를 하는 중입니다만."

네 명의 여학생과 한 명의 남학생뿐이므로 내가 대표로 말했다.

"기가 막혀 말이 안 나오네. 이 자식이 겁대가리가 없잖아. 어디서 술을 처먹고 있는 거야. 당장 나와."

"선생님도 들어와 좀 드세요. 좋은 음식이 많이 있는데."

순덕이는 부잣집 딸답게 팔보채 양장피 따위를 시켰다.

미처 그것을 먹기도 전에 이런 일이 일어나고 말았다. 나는 음식을 먹기 전에 담임선생에게 들켰다는 것이 몹시 서운하게 느껴졌다. 나는 맛있는 음식에 아쉬운 눈길을 던지며 자리에서 일어났다.

"너희들은 아무 죄가 없으니까 이번만큼은 눈감아주겠어. 그 술은 치우고 먹던 음식은 다 먹어. 영덕이는 날 따라와."

담임선생이 계집애들에게 애정 어린 시선을 던지며 말했다.

"왜 나만 따라오라는 건지?"

"자식아, 따라오라면 따라와."

담임선생이 내 뺨을 철썩 갈겼다.

그 사이 순아는 무슨 신문사 기자라도 되는 듯이 사진을 찰칵찰칵 찍었다. 나는 담임선생에게 멱살이 잡혀 도살장으로 끌려가는 개처럼 학교로 질질 끌려갔다.

"이거 놓고 말하세요. 내가 무슨 강간살해범이라도 됩니까? 잘못한 것도 없는데 왜 이러는지 모르겠네."

나는 한껏 목소리를 높여 말했다.

"자식아, 학생이 중국집에서 소주를 까고 있으면서 잘못한 것이 없어?"

"나는 소주를 마시지 않았어요."

"소주를 앞에 놓고 있으면서 안 마셨다는 거야?"

"냄새를 맡아보면 알잖아요."

"이 새끼가 이빨도 안 닦고 다니잖아. 아유, 술 냄새."

"정말 웃기네. 선생이면 선생답게 굴어야 선생 대접을 받는 겁니다. 하는 일도 없이 국민의 피땀이 밴 세금을 흡혈귀9처럼 빨아먹으면 안 되지."

"이 자식이 지금 선생한테 덤비는 거야?"

담임선생이 몹시 화가 난 표정을 하고 내 뺨을 철썩 갈겼다. 순아가 웃겨 죽겠다는 듯이 깔깔대었다. 담임선생이 순아의 그런 표정을 보고 다시 내 뺨을 철썩철썩 갈겼다. 그러자 순아가 곧 숨이 넘어갈 듯 더욱 크게 깔깔대었다.

"교장실로 갑시다."

"그러잖아도 교장실로 가고 있는 거야. 정신 차려, 임마. 학교 퇴학당하고 싶지 않으면 손이 발이 되도록 빌어. 시험 커닝을 해서 일등을 한 것으로도 모자라 순진한 여학생들을 꼬셔 술을 처먹고 있어? 한심한 자식 같으니."

무언가 잘못되어도 크게 잘못되었지만 내 편을 들어줄 사람은 없었다. 하루에 두 시간밖에 잠을 자지 못하며 공부해 일등을 차지했는데 뜻밖에도 결과는 엉뚱했다.

"교장 선생님, 아무래도 영덕이는 더 이상 학교에 다니기 힘들 것 같습니다."

담임선생이 교장실에 들어가 앞으로 손을 모으고 비굴한 표정을 지었다.

"이번에 영덕이가 일등을 했다고 하던데."

교장 선생님은 어떻게 그런 일이 일어날 수 있느냐고 노골적으로 말하지 않았다. 약간의 의심 어린 표정을 지으면서도 손을 내밀어 내게 악수를 청했다.

"고맙습니다, 교장 선생님. 올빼미처럼 밤에 잠을 자지 않으면서 공부한 결과입니다."

"으음, 그랬군."

교장 선생님이 고개를 끄덕였다.

"이 녀석 말은 새빨간 거짓말입니다. 수업 시간마다 꾸벅꾸벅 잠을 자는 녀석입니다. 교장 선생님도 아시다시피 영덕이는 일학년 때부터 줄곧 꼴찌를 맡아 놓고 하던 학생인데, 이번에 어떻게 된 일인지 일등을 했습니다. 순아 짝이라서 커닝을 해서 일등을 한 겁니다. 꼴찌를 하던 녀석이 갑자기 일등을 할 수는 없는 일입니다. 여기 일학년 이학년 성적

표가 있습니다.”

담임선생이 성적표를 교장 선생님에게 내밀었다. 순아는 담임선생 곁에 바짝 붙어 서서 키득키득 웃었다.

“성적이 좀 그렇군.”

교장 선생님이 말했다.

“성적이 아주 엉망입니다. 전과목 빵점을 맞은 게 한두 번이 아닙니다. 시험을 치렀는데 전과목 빵점을 맞은 경우는 세계 역사상 처음입니다. 기네스북에 오를 일입니다. 그런 학생이 어느 날 갑자기 우수한 성적으로 일등을 한다는 것은 결코 있을 수 없는 일입니다. 이 녀석이 커닝을 했다는 증거는 얼마든지 있습니다.”

“저는 커닝을 한 적이 없습니다.”

나는 목소리를 높여 말했다.

“커닝을 하지 않았으면 어떻게 이런 점수를 받을 수 있어.”

담임선생이 내 뺨을 아프게 꼬집으며 말했다.

“교장 선생님, 억울합니다.”

“커닝을 해서 일등을 한 녀석이 뭐가 억울해.”

담임선생이 내 귀를 아프게 잡아당기며 말했다.

"제 실력을 못 믿으시겠다면 이곳에서 다시 시험을 보도록 허락해 주십시오. 그러면 제 실력이 정확히 드러날 게 아닙니까. 억울합니다."

"교장 선생님, 지금 이 녀석을 중국집에서 잡아왔습니다. 학교 주위의 불량배들과 함께 중국집에서 빼갈을 마시는 것을 적발해 데리고 왔습니다. 가만둘 수 없습니다."

나는 순덕이와 여자 친구들과 함께 중국집에서 음식을 먹었다고 말할까 하다가 그만두었다. 일이 이렇게 된 이상 남자인 내가 다 뒤집어쓰는 것이 옳다고 생각되었다. 나의 실력이 어떠하든 술잔을 앞에 놓고 있다가 잡혔으니 쉽게 해결될 성질의 사건은 아니었다.

"내 실력을 순아는 알고 있습니다."

나는 마지막으로 순아에게 도움의 손길을 내밀었다. 순아는 내가 커닝을 하지 않았다는 것을 잘 알고 있었다.

"내 것을 보았는지 어쨌는지 모르겠지만 일등을 할 실력은 아닙니다. 꼴찌를 맡아 놓고 하다가 어느 날 갑자기 일등을 할 수 있을 만큼 머리가 좋은 것도 아니니까요. 옆집에 살아서 제가 잘 알고 있어요. 매일 공부는 하지 않고 산으로 들로 뱀을 잡으러 쏘다니기만 했거든요."

교장 선생님은 학교 회장을 맡고 있는 순아를 전적으로 신뢰하는 분이었다. 그 말에 교장 선생님은 담임선생의 편을 들어주었다.

나는 그 일로 일주일 정학을 먹고 말았다. 일주일 동안 내가 해야 할 일은 매일 화장실의 배설물을 퍼내어 산자락 밭에 붓는 것이었다. 일등을 해놓고 왜 내가 학생들의 배설물을 똥통에 담아 지고 산자락 밭으로 외롭게 오가야 한단 말인가. 마치 나는 한 마리의 지렁이가 된 듯한 기분이었다. 생각할수록 억울하고 분통이 터졌다.

사건은 그 정도에서 간단히 끝나지 않았다. 나는 폭력적인 담임선생에게 어금니가 좌우로 흔들리도록 된통 얻어맞고 심한 모욕을 당했다. 성질 같아서는 모든 것을 끝장내고 싶지만 그럴 수 없는 일이었다. 나는 학생이기 때문에 참지 않으면 안 되었다. 인격이 결여된 담임선생과 대결하면 나는 퇴학을 당하고 말 것이다.

학교에서 내 실력을 믿어주는 사람은 한 명도 없었다. 나는 커닝을 해서 일등을 한 나쁜 인간으로 취급당했다. 그런데 음악 선생님이 교장 선생님을 찾아가 나의 실력을 자세히 말해 주었다. 나는 교장 선생님 앞에서 다시 시험을 치르게 되었다. 똥 냄새를 풀풀 풍기며 시험을 치렀다. 그 결과 나의 무죄를 세상에 밝히 드러낼 수 있었다. 그렇게 되자 가장 난처한 지경에 빠진 인간은 담임선생이었다.

그 일로 인해 담임선생과 나는 적대 관계에서 원수 사이로 악화되었다. 담임선생은 교장 선생님에게 학생들을 똑바로 가르치라는 질책을 받고 이성을 잃었다. 학생들에게 많은 숙제를 내어 주기 시작했다. 꼬박 밤을 새워야 할 만큼 숙제를 내어 주는 담임선생의 속내를 나는 간파했다. 담임선생은 나를 때리고 싶어 손이 근질거리는데, 무턱대고 때릴 수는 없었다. 그래서 짐승을 잡기 위해 올무를 놓듯 많은 숙제를 내어 준 다음 나를 때릴 기회를 노리고 있었다.

역시 내 짐작은 정확했다. 내가 밤새워 숙제를 한 날은 아무 일 없이 넘어갔다. 하지만 내가 숙제를 다 하지 못하거나 아예 숙제를 하지 않은 날에는 대부분의 친구들이 몽둥이로 엉덩이를 얻어맞았다. 담임선생은 여학생과 몇몇 남학생은 형식적으로 가볍게 때렸다. 그러다가 나를 때릴 때에는 험한 얼굴을 하고 손목과 팔과 어깻죽지에 잔뜩 힘을 주어 퍽퍽 소리가 나도록 때렸다.

내가 숙제를 해오면 담임선생은 몽둥이 대신 입으로 나를 괴롭히고 악의적인 말로 내 인격을 서슴없이 짓밟았다. 나무가 크면 그만큼 사방에서 불어오는 바람에 시달리게 마련이었다. 학년 전체에서 일등을 했으니 나를 싫어하는 사람들로부터 질투를 받는 것은 당연하다고 생각했다. 여유가 없을 때는 담임선생이 한마디 하면 화가 치밀었지만 일등을 하자 나는 바다처럼 넓은 마음의 남자가 되었다.

"영덕아, 너 때문에 우리만 피곤하잖아."

"왜 일등을 해서 우리를 울리는 거야?"

"이거 먹고 제발 꼴찌 자리로 돌아가라."

친구들은 내가 일등을 하는 바람에 담임선생이 많은 숙제를 내어 준다는 사실을 알게 되었다. 친구들이 내게 맛있는 음식을 사주며 다시 꼴찌를 하라고 사정했다.

"학생들이 왜 이 모양이야. 선생님이 숙제를 내주면 해야지. 다 너희들 잘되라고 숙제를 내주는 거야."

"숙제도 숙제 나름이지. 이건 완전히 사람을 잡으려는 거잖아."

"그렇다면 한 가지 방법이 있긴 있어. 너희들은 숙제를 하지 말고 나 혼자 숙제를 하는 거야. 그러면 담임선생이 구렁이 담 넘어가듯 슬쩍 넘어가고 말 거야."

"역시 영덕이는 천재야!"

친구들이 대단한 진리를 발견한 듯이 손뼉을 치며 말했다.

그 다음날 나 혼자 숙제를 해오고 친구들은 숙제를 하지 않았다. 예상했던 대로 담임선생은 아무 말도 없이 수업을 진행했다.

"내가 너희들 숙제를 다 하는 셈이니, 돈을 거둬."

나는 친구들에게 명령을 내렸다.

"무슨 돈을 거두라는 거야?"

"밤새워 숙제 하려면 체력이 있어야지. 내가 요구한 만큼의 돈을 거두면 나는 그 돈으로 영양 보충을 하고 밤새워 숙제를 할게. 싫으면 그만두어도 상관없어. 나는 뺏다 맞는 데는 자신이 있으니까."

"알았어. 야, 담임선생 잘못 만나 영덕이는 친구들에게 장학금 받으며 밤새워 공부하고, 우리는 용돈이 다 나가네."

담임선생이 내어 주는 숙제를 밤새워 하면서 나는 장학생이 되었다. 장학생이 되어 학교에 다닐 생각은 전혀 없었지만, 친구들을 위해 어쩔 수 없었다. 한 사람의 희생으로 친구들이 편할 수 있다면 장학생이 되는 수밖에 없었다.

"응딕이, 앞으로 나와."

담임선생이 순아의 말투로 나를 불렀다. 그러자 친구들이 웃음을 터뜨렸다.

담임선생이 내 이름을 불렀다고 생각하지 않았으므로 나는 가만히 앉아 있었다. 내 이름은 영덕이지 응딕이가 아니었다. 담임선생이 학생들 앞에서 그것도 수업 시간에 남의 이름을 그렇게 부른다는 것은 결코 있을 수 없는 일이었다.

"선생님 말씀 안 들려? 응딕이 나오라고 하잖아."

순아가 내 허벅지를 꼬집으며 말했다.

"신사적으로 말할 때 얼른 앞으로 나와."

담임선생이 손에 야구 방망이를 잡고 말했다.

"우리 반에 새로 전학 온 학생이 있나요? 응딕이가 누구야?"

나는 주위를 두리번대며 말했다.

"방금 말한 놈이 바로 응딕이야. 빨리 나와."

"젠장, 오늘도 무사히 지나가긴 다 틀렸군."

나는 순아를 쏘아보고 나서 의자에서 일어났다.

"이 나쁜 강도 자식아."

"강도?"

"날강도인 네놈은 우리 학교의 수치이며 망신이야."

담임선생이 야구 방망이로 내 엉덩이를 때리기 시작했다.

"내가 왜 강도라는 겁니까?"

"친구들의 돈을 강제로 빼앗으니 날강도지. 우리 학교에 날강도는 필요 없어. 엉덩이가 걸레가 되도록 맞고 오늘부로 퇴학이야."

정말 담임선생은 이성을 잃었는지 입에 게거품을 물고 야구 방망이를 휘둘렀다.

"누가 그걸 선생님에게 일러바쳤나요?"

"척, 하면 삼천리야. 선생이 병신인 줄 알아."

"순아가 일러바친 모양인데, 스파이와 놀아나다가 코피 터지는 수 있어…요."

"너 지금 선생에게 협박이야?"

"으윽."

담임선생이 휘두르는 야구 방망이에 허리를 맞고 나는 그만 주저앉고 말았다. 그 순간 친구들이 기다리고 있었다는 듯이 "우! 우우!" 하면서 일제히 의자에서 일어났다. 나는 친구들이 왜 저러는지 몰라 어리둥절한 표정을 지었다.

교실 바닥에 주저앉아 엉덩이의 통증을 식히고 있는데,

친구들이 나를 부축해 일으켜 세우더니 교장실로 몰려갔다. 데모를 하듯 순아를 제외한 모든 학생이 교장실을 점령하고 담임선생의 야비하고 무자비하고 비인격적인 일을 침을 튀겨 가면서 낱낱이 고발했다.

"상식적으로 생각해 봐도 결코 있을 수 없는 일입니다."

"담임선생의 나쁜 짓을 막아주지 않으면 우리는 단체로 전학을 가겠습니다."

친구들이 교장 선생님과 협상을 했다.

"사태 파악을 한 다음 내일 결과를 발표할 테니, 오늘은 교실로 돌아가도록 해. 학교 역사상 학생들이 데모를 하는 건 처음이라서 정신이 하나도 없군."

교장 선생님이 손으로 이마를 만지며 말했다.

"교육청에 작은아버지가 높은 자리에 있거든요."

순덕이가 제법 무게 있는 말을 했다.

"으음, 이거 일이 심각하군. 알았으니 교실로 돌아가."

그 다음날 교장 선생님은 담임선생에게 3학년 학생들이 졸업할 때까지 숙제를 내어 주지 말라는 엄명을 내렸다. 그렇게 해서 나는 장학생에서 평범한 모범 학생이 되었다. 나는 밤새워 숙제를 하지 않아도 되었지만 매사에 조심하지 않으면 안 되었다. 담임선생이 도끼눈을 하고 순아처럼 나의 일거수일투족을 감시했기 때문이다. 교복을 단정하게 입어야 했고, 순덕이와 그 친구들과 함께 중국집에서 음식을 먹는 것도 되도록 자제해야 했다.

2학기에도 계속 일등 자리에 앉으려면 피나는 노력을 하지 않으면 안 될 것이다. 담임선생은 나와 원수지간이라서 내가 일등을 하는 걸 은밀히 방해할 수도 있기 때문이었다.

일등과 꼴찌는 높은 산처럼 거리가 멀고 험난했다. 갑자기 꼴찌에서 일등을 한다는 것은 혁명을 일으키듯 위험한 일이었다. 나는 혁명군의 수장처럼 뜻을 이루었지만 학생이 담임선생과 원수 사이로 지낸다는 것은 정말 슬프고 불편하기 그지없었다. 나는 담임선생과 화해하고 싶은데, 순아가 그 곁에 있어서 쉽게 해결될 것 같지 않았다. 담임선생은 순아를 좋아하고 사랑하는 만큼 나를 싫어하고 미워했다.

내가 일등을 하면서 음악 선생님과 나는 더욱 끈끈한 관계를 맺게 되었다. 나는 음악 선생님을 평생의 은인으로 여길 뿐만 아니라 내가 좀 커서 성인이 되면 여자로 생각해 보고 싶다는 말을 하지 않을 수 없었다. 물론 음악 선생님은 그때까지 시집을 가지 않은 채 기다려 주겠다고 말했다.

"생각해 보니 영덕이와 내 나이는 많이 차이가 나지 않는군. 기다려줄 수 있어. 다만 영덕이 곁에 순아가 있어서 문제인 걸."

"순아는 머잖아 서울로 갈 거예요."

"그래! 그렇다면 내게도 희망이 있네. 하지만 조건이 있어. 영덕이가 일류대에 들어간다면 사귈 수 있어!"

역시 여자는 순덕이든 음악10 선생님이든 까다롭기는 마찬가지였다. 머리가 나빠 공부를 못하는 남자는 괜찮은 여자를 얻을 수 없다는 사실을 나는 뼈저리게 깨달았다.

1_부리가 송곳처럼 곧고 뾰족하여 나무를 쪼아 구멍을 내고, 그 속의 벌레를 잡아먹는 새. 나무에 깊은 구멍을 내고 그 안에서 살고 있는 새. 딱따구리는 부리가 길어 머리가 무거울 것 같다. 따다다닥, 따다다닥. 나무를 쪼는 딱따구리의 소리는 화가 잔뜩 난 여자가 목을 곧게 세우고 퍼붓는 언어처럼 들려온다.

2_국화과의 일년초 도깨비바늘의 열매에는 빳빳한 털처럼 여러 가닥으로 짧게 갈라진 가시가 있다. 열매는 옷에 잘 붙는다. 도깨비바늘의 어린 순은 나물로 먹고 즙은 벌레에게 물린 자리에 바르는 약

으로 쓰인다.

학교에 앉아 있다가 고개를 숙여 보면 집에서부터 함께 따라온 것이 있다. 그림자보다 가까이 따라온 것은 도깨비바늘의 뾰족하며 가는 열매이다. 날개도 없고 발이 없는 열매가 산골 소년의 옷에

 붙어 학교까지 온 것이다. 산골 소년을 감시하고 따라다니며 괴롭히는 순아. 산골 소년은 순아와 도깨비바늘의 열매가 서로 다르지 않다고 생각한다.

3_마도로스 외삼촌이 노랑머리 여자와 결혼할 거라며 오랜만에 산골 소년의 집을 방문한다. 그때 외국에서 선물로 갖고 온 것이 노란 책가방이다. 초등학교 4학년 때까지 들고 다닌 노란 책가방.

비가 그친 어느 날, 산골 소년은 잠에서 깨어 밖으로 나온다. 부모는 밭으로 일을 하러 갔는지 아무도 보이지 않는다. 산골 소년은 학교에 늦은 줄 알고 노란 책가방을 들고 서둘러 집을 나선다. 친구들은 벌써 학교에 갔는지 조리텃골을 지나 아랫마을을 지나도록 아무도 보이지 않는다. 어른들이 산골 소년의 노란 책가방을 보면서 고개를 갸웃한다. 걸음을 재촉해 학교로 향하다가 그만 발길을 돌린다. 사위가 어둑해지는 걸 보니 아침이 아니라 밤이 되어 가고

있는 중이다. 집에 돌아와 보니 안방에 불이 켜져 있고, 윗집 할머니와 산골 소년의 어머니가 마주앉아 저녁을 먹고 있다. 산골 소년은 안마당에서 머뭇머뭇 서 있다가 용기를 내어 안방으로 들어간다. "일 년에 한 번씩 영덕이 머리의 시계가 거꾸로 돌아가는 모양이지." 윗집 할머니가 다 알고 있다는 듯 말한다. 윗집 할머니와 산골 소년의 어머니가 웃겨 죽겠다고 깔깔댄다. "아랫마을 순덕이가 얼굴은 예쁜데 공부를 잘 못해서 도와주러 갔다 오는 거지, 뭐." "얼굴이 예쁜 것과 공부 못하는 것이 무슨 상관이야?" 산골 소년의 어머니가 날카로운 표정을 하고 묻는다. "공부를 못하니까 친구로서 도와줘야지. 거기서 저녁을 먹고 오는 길이거든. 내 방에 가서 잘게요." 배에서 꼬록꼬록 소리가 난다. 산골 소년은 책가방을 들고 얼른 일어난다. 노랑머리 여자와 결혼한 외삼촌은 개똥참외처럼 노란 것이 좋은 모양이다. 산골 소년은 방으로 들어가 돼지저금통의 배를 쩍 가른다. 노란 책가방을 버리고 검정 책가방을 사려고 한다. 노란 책가방은 사람들의 눈에 너무 잘 띈다.

4_ 우툴두툴한 살가죽의 돌기에 독액을 가지고 있는 두꺼비는 사람을 보아도 도망갈 생각조차 않는다. 어른 주먹만 한 두꺼비가 세상에서 무서워할 것은 전혀 없다. 아무리 배가 고픈 뱀이라 해도 두꺼비를 잡아먹지 않는다. 못생기고 징그러운 두꺼비는 개구리가 아

니라 이상한 돌처럼 보인다. 두꺼비는 산골 소년을 보고 눈을 끔벅이며 움직이지 않는다. 두꺼비를 잡아 방으로 가져온다. 산골 소년은 방문턱에 걸터앉아 한 시간이고 두 시간이고 가만히 두꺼비를 지켜본다. 눈을 끔벅이는 두꺼비는 다만 움직이지 않을 뿐이다. 방에 파리가 몇 마리 있는 것까지 다 헤아리고 속으로 입맛을 쩝쩝 다신다. 파리가 두꺼비를 보고 처음에는 경계를 하다가 가까이 접근한다. 돌처럼 움직이지 않는 두꺼비 앞까지 날아와 앉는다. 순간이다. 눈 깜짝할 사이에 두꺼비는 긴 혀를 내밀어 파리를 잡아먹는다. 산골 소년은 두꺼비의 긴 혀를 본 듯도 하고 보지 못한 듯도 하다. 파리를 다 잡아먹을 때까지 산골 소년은 두꺼비와 며칠 동안 동거한다. 두꺼비 파리 잡아먹듯. 아무리 약은 파리도 돌처럼 움직이지 않는 두꺼비의 먹이가 된다.

5_ 말과 행동에서 품위가 있고 얌전한 여자, 조용하고 얌전한 여자와 순아는 거리가 멀다. 산골 소년의 눈에 보이는 순아는 꾀꼬리처럼 공격적이며 말똥가리처럼 더펄거리고, 방귀벌레처럼 예의가 없다. 순아는 자칭 요조숙녀라고 하면서 산골 소년의 바깥마당에서 걷는 연습을 한다. 오리처럼 뒤뚱거리며 걷는 모습이 가관이다. "순아야, 모델을 하고 싶으면 서울로 가야지 이곳에서 무슨 연습이야?" 산골 소년이 말한다. "홧김에 원창고개로 왔는데, 자존심이 상해

서울로 가고 싶지가 않아." "무슨 자존심이 상했다는 거야?" "산골 촌놈이 나보고 자꾸 서울로 가라고 하니까 자존심이 상하잖아. 산골에서 같이 학교에 다니자고 울며불며 매달렸으면 벌써 서울로 갔을 텐데 말이야. 어디 울며불며 함께 살자고 매달려 보렴." 요조숙녀라고 하면서 모델처럼 걷는 여자의 말은 정말 이해하기 어렵다.

6_산골 소년은 잠자리를 시집보내지 않으려고 한다. 생각해 보니 너무 잔인하게 시집보내는 것 같기 때문이다. 하고 싶은 말이 있는데, 순아에게 차마 그 말을 할 수가 없다. 어쩔 수 없이 잠자리를 시집보낸다. 산골 소년은 잠자리를 잡아 배를 자른다. 그 안에 가느다란 풀줄기를 꽂고 공중으로 날린다. "순아야, 시집가서 애 낳고 잘 살거라. 안녕!" "변태 같은 놈. 요조숙녀에게 똥침을 주다니." 갑자기 순아가 미쳤는지 산골 소년의 뺨을 철썩 때린다. 산골 소년은 할미꽃의 자줏빛 꽃처럼 고개를 숙이고 눈을 감는다. 순아는 정말 서울로 가고 싶은 모양이다. 서울로 가고 싶으면서도 의붓아버지와 살고 있는 엄마가 얄미워 원창고개에서 힘들게 살고 있는 것이 아닐까. 약아빠진 순아는 다른 사람 앞에서 산골 소년의 뺨을 때리지 않는다. 산골 소년에겐 증인이 필요하다. "형님, 제가 증인이 되면 안 될까요?" 자두나무에 앉아 있는 까치가 말한다.

7_산골 소년이 살고 있는 곳의 어른들은 말똥가리를 똥더펄이라고 부른다. 더펄거리는 사람을 똥더펄이라고 한다. 아랫마을 어른 중

에서 똥더펄이라는 별명을 가지고 있는 아줌마가 있다. "어느 인간들이 아줌마를 보고 똥더퍼리라고 하는지 그 명단을 적어 가지고 오세요. 내가 손을 봐줄게요." 산골 소년이 아랫마을 가겟방에서 막걸리를 마시는 아줌마에게 말한다. "어떻게 손을 봐주려고 그래?" 아줌마가 묻는다. "새총으로 이마를 맞히거나 함정에 빠뜨리는 것은 원시적인 방법이고, 똥더퍼리라고 부르는 사람에게 똥더퍼리보다 더 인격을 무시하는 별명을 붙여 부르면 해결이 되거든요." "듣자 하니 이상하네. 자꾸만 똥더퍼리, 똥더퍼리 그러는데 청양고추가 날 놀리는군." 똥더펄이 아줌마는 산골 소년을 청양고추라고 부르는 못된 버릇이 있다. 그런 버릇을 고치지 않는 한 똥더펄이라는 별명 역시 없어지지 않는다.

8_어느 날, 우락부락하게 생긴 사내들이 윗집 할머니를 만나러 온다. "할머니, 마당가에 심어 놓은 것이 무엇인지 아세요?" 사내가 묻는

다. "댁들은 누구요?" 윗집 할머니가 묻는다. "경찰서 형사들입니다." 형사들이 신분증을 꺼내 보인다. 양귀비 열매에 상처를 내어 받은 즙액으로 아편을 만드는 사람들이 있다. 그러나 윗집 할머니는  약으로 쓰려고 양귀비를 심어 놓고 예쁜 꽃을 구경한다. "중국의 양귀비란 여자가 있지. 내가 그 여자의 직계 자손이야. 그래서 양귀비를 심어 놓고 조상님을 섬기듯 하고 있는 거야. 근데 그게 뭐 잘못된 거유?" 윗집 할머니가 어디에서 지혜를 빌려 왔는지 그럴듯하게 대답한다. "할머니, 양귀비 키우면 감방에 갑니다. 여기서 이럴 게 아니라 경찰서에 갑시다." 형사들이 쉽게 물러나지 않는다. "몸이 아프면 병원에 가서 고치면 되니까 이거 확 뽑아버리세요." 산골 소년이 양귀비를 뽑으려고 한다. "이놈이 남의 조상을 뽑으려고 드네! 고얀 놈 같으니." 윗집 할머니가 산골 소년의 뺨을 철썩 때리며 미친 듯이 발광한다. 형사들이 고개를 설레설레 저으며 발길을 돌린다. 그 할머니에 그 손녀이다. 남자의 뺨을 때리는 것은 집안의 전통인가 보다.

9_진드기, 등에, 모기… 흡혈귀처럼 남의 피를 빨아먹는 것들은 항상

위험한 나날을 보내야 한다. 남의 피를 빨아먹다가 언제 죽을지 모른다. 남의 피를 빨아먹듯 살아가는 사람들이 있다. 산골 소년은 외양간의 암소를 끊임없이 괴롭히는 진드기, 등에, 모기를 보면서 고개를 끄덕인다. 아무리 어렵게 산다고 해도, 아무리 가난하고 급하다고 해도 진드기, 등에, 모기처럼 살면 안 된다는 것을.

10_ 숲 속의 새들은 날마다 노래를 부른다. 새들은 어디에서 배운 것도 아닌데 박자를 잘 맞춰 노래를 부른다. 베토벤, 모차르트의 스승은 바로 숲 속의 새일지 모른다.

청호반새

6

여름방학 동안 나는 아랫마을에서 많은 시간을 보냈다. 순덕이와의 관계가 어느 정도 회복되었기 때문에 하루에 한 번씩 만나 의미 있는 대화1를 나누었다. 친구들은 우리의 관계가 심상찮다고 말하지만 실은 그렇지가 않았다. 우리는 가볍게 손2을 잡는 정도의 수준으로 학생답게 사귀고 있을 뿐이었다. 그 이상으로 사귀고 싶은 마음도 있었지만 나는 학생 신분을 뛰어넘는 짓을 하면 안 된다는 것을 잘 알고 있었다.

내 앞에는 많은 시간이 놓여 있었다. 그 시간을 어떻게 경영하느냐에 따라 성공할 수 있고 실패할 수도 있었다. 2학기부터 계속 일등 자리를 차지하기 위해 나는 시간이 나는 대로 공부도 열심히 했다. 그전처럼 열심히 공부하며 여자 친구를 사귄다는 것은 정말 행복한 일이었다. 한마디로 살맛이 났다.

교장 선생님 앞에서 다시 시험을 치러 나의 무죄를 세상에 드러내자 순아는 큰 충격을 받았다. 순아는 나의 실력이 그리 대단하리라고 생각지 않았다. 그래서 쉽게 나와 약속을 한 것이었다. 사람이 사람답게 살아가려면 반드시 약속을 지켜야 하는데, 순아는 그 약속을 지키지 않았다. 내가 일등을 하면 서울로 가겠다는 약속[3]을 지키지 않은 채 더욱 강하게 나를 압박했다.

순아 엄마는 순아를 서울로 데려가기 위해 여러 번 원창 고개로 내려왔다. 순아는 서울로 가지 않겠다고 고집을 부렸다. 자존심이 너무 상해서 이렇게 서울로 되돌아갈 수 없다고 했다. 내게 빼앗긴 일등 자리를 다시 차지한 다음 서울로 가겠다고 했다.

나는 그 말을 믿을 수 없었다. 한 번 약속을 어긴 사람의 말을 다시 믿기는 정말 힘들었다. 이제는 그 일등 자리를 순아에게 양보할 생각이 전혀 없었다. 내년에 고등학교 진학을 해야 하므로 꼴찌를 하는 것은 별로 재미가 없었다. 졸업할 때까지 일등 자리를 지키다가 고등학교에 진학할 생각이었다.

"어디를 쏘다니다가 이제야 오는 거지?"

어머니가 화난 표정을 하고 물었다.

"친구 만나러 갔다 오는 거예요."

"매일 바람난 수캐처럼 아랫마을에 가는 것이 잘하는 짓이야?"

갑자기 어머니가 왜 이러는지 몰라 나는 어리둥절한 표정을 지었다. 어머니 곁에 앉아 있는 순아가 나를 보면서 생글생글 웃었다.

"소 꼴은 벘어?"

"이제 벼야죠."

"순아야, 저기 가서 뽕나무를 꺾어오렴."

"알았어요."

순아가 얼른 마루에서 일어나 밭으로 뛰어가 뽕나무를 꺾어 가지고 왔다.

"바지 걷어. 된통 맞아야 정신을 차리겠지."

어머니가 회초리를 들고 화난 목소리로 말했다.

"왜 이러시는 거예요?"

"요즘 순덕이와 놀아나고 있다며?"

어머니가 한심하다는 듯이 혀를 끌끌 찼다.

"순덕이와는 그냥 친구 사이로 지내는 거예요."

"아랫마을에 소문이 자자한데 거짓말을 하는구나. 순덕이
와 네가 그렇고 그렇다는 것은 세상이 다 알고 있는 사실이
야."

"소문은 어디까지나 소문이지 사실과는 거리가 멀거든요."

"자식이 둘이라면 네놈이 순덕이와 놀아나든 중국집에서
쇠주를 마시다가 정학을 먹든 참견하지 않을 거야. 머리에 피
도 안 마른 것이 벌써부터 연애질을 하면 어쩌겠다는 거야."

"다 새빨간 거짓말4이에요."

"이 사진이 있는데 거짓말이야?"

어머니가 여러 장의 사진을 내 앞으로 내밀었다. 내가 순
덕이 옆에 앉아 있는 모습이 찍힌 사진이었다. 순아의 짓임
에 틀림없었다. 몰래 내 뒤를 따라와 사진기자처럼 사진을
찍어 어머니에게 준 것이다.

"순덕이를 만나지 않겠다고 하면 봐줄 수 있어. 너도 알고 있는지 모르겠지만 순덕이 엄마와 나는 철천지원수 사이야! 그런데 네가 그런 것을 알면서 순덕이와 사귄다는 것은 있을 수 없는 일이지."

"이 사진은 순아가 조작한 거예요."

나는 사진을 주머니에 넣으며 말했다.

"그래도 이 녀석이 말귀를 알아듣지 못하네."

어머니가 회초리로 내 종아리를 때리기 시작했다. 얼마나 세게 때리는지 눈물이 다 나올 지경이었다. 나는 살이 떨어져 나가는 듯한 통증을 느끼며 어머니가 왜 이러는지 빠르게 생각해 보았다.

내가 순덕이와 사귀기 때문에 어머니가 이렇게 화내는 것이 아니라는 생각이 들었다. 처녀 시절에 어머니는 순덕이 아버지와 뜨겁게 사귄 적이 있었다. 그러나 결국 순덕이 엄마에게 순덕이 아버지를 빼앗기고 말았다. 그 한이 남아 있어서 이토록 세게 내 종아리를 때리고 있는 것 같았다. 그렇다면 계속 고집을 부리며 얻어맞는다는 것은 정말 어리석은 짓이었다.

"엄마가 원한다면 순덕이를 만나지 않겠어요."

나는 순덕이와 그전처럼 가까이 지내고 있지만 사랑과는
전혀 관계가 없었다. 나를 배신하고 떠난 적이 있는 여자를
어떻게 다시 사랑할 수 있단 말인가. 우리는 친구처럼 허물
없이 만나는 사이에 지나지 않았다. 그러면서 서로의 마음을
두드려 보고 확인하며 조금씩 가까워지고 있었다.

"그렇다면 됐다. 남자니까 그 약속을 지키겠지."

"물론 지키겠어요. 하지만 학교에서 만나 이야기하는 것
까지 참견하지는 마세요."

"순덕이를 개인적으로 만나 손잡고 다니면 그때는 가만두
지 않겠어."

"부모의 원한을 자식에게 강요하는 것은 결코 옳은 짓이
아닙니다."

나는 뼈대 있는 집안의 장남처럼 말했다.

"이 녀석이 뭘 안다고 떠들어. 으유, 철딱서니 없는 것 같
으니. 순아는 서울로 갈 모양인데 그것도 모르고 다른 여자
를 만나고 있으니. 값진 진주가 가까이 있는 것도 모르니 정
말 누가 낳았는지 멍청한 바보야. 까마귀 고기를 먹여 이다
지도 멍청한가?"

어머니가 술에 취한 듯이 이상한 말을 했다.

나는 화가 난 표정을 하고 어머니를 쏘아보았다. 그러다가 바깥마당으로 달려 나왔다.

"웅덕아, 엄마를 원망하지 마. 다 너 잘되라고 그러시는 거야. 자식 망가지기 바라는 부모는 없거든."

순아가 강아지처럼 내 뒤를 따라오며 말했다.

가끔 순아가 어머니 앞에서 내 손을 잡기도 했다. 그럴 때마다 어머니는 흐뭇한 표정을 지었다. 그러면서도 내가 순덕이 옆에 앉아 있는 사진을 보고는 그리 화를 내다니. 어머니의 속마음[5]은 알다가도 모를 일이었다.

"내가 정학을 먹은 게 네가 뒤에서 조정을 했기 때문임을 잘 알고 있어. 나는 남자이므로 네 원망은 하지 않겠어. 그렇지만 약속은 지켜야지. 인간이라면 그 약속을 잊었다고 말하지는 않겠지."

"물론 그 약속은 기억하고 있어."

"그러면 방학을 했으니 가방을 싸들고 서울로 가주면 고맙겠어."

"그럴 수 없어."

"그렇다면 나를 오빠[6]라고 불러야지."

"딱 한 번만 불러줄게."

"딱 한 번 부르겠다니 그게 무슨 소리야?"

"언제 내가 계속 웅딕이를 오빠라 부르겠다고 했니? 네가 일등을 하면 오빠라 불러주겠다고 했으니 딱 한 번만 불러주면 되잖아. 그래서 한국말은 잘 사용하고 알아들어야 하는 거야."

"……."

"왜 씩씩대며 노려보는 거야?"

"그런 식으로 야비하게 살지 마."

"순덕이와의 관계를 끊겠다고 하면 계속 오빠라고 불러줄게."

"내가 순덕이를 만나든지 말든지 너는 참견하지 마. 한 번만 더 몰래 사진을 찍으면 그 사진기를 콱 부서버릴 테니까."

"그 사진기는 일본 소니 제품이야. 웅딕이를 팔아도 못 사는 비싼 거야."

"마지막으로 경고하는데, 내가 누구를 만나든 엄마한테 일러바치지 마."

"사실 나는 서울로 가고 싶어. 원창고개는 너무 답답하고 웅딕이는 너무 고지식하고 시골 중학교는 너무 심심해. 하지만 머리에 피도 안 마른 웅딕이가 날라리 계집애들을 만나고 다니니 친구로서 의리가 있지 어떻게 서울로 훌쩍 갈 수가 있어. 웅딕이 망가지는 것을 보면서 떠날 수는 없는 일이잖아."

"내가 망가지든 안 망가지든 너나 똑바로 살아."

"이리로 가까이 와봐. 오빠라고 불러줄게."

내가 가만히 서 있자 순아가 내 곁으로 가까이 다가왔다. 그리고 내 귀에 입을 바짝 대고 "웅딕이 오빠!" 하고 모깃소리[7]만하게 말하는 것이 아닌가. 오빠면 그냥 오빠라고 할 것이지 웅딕이 오빠라고 하는 바람에 기분이 몹시 상하고 말았다. 게다가 너무 작은 목소리로 말하는 바람에 정말 오빠라고 했는지 헷갈릴 정도였다.

"다시 말해봐. 뭐라고 했는지 못 들었어."

"웅딕이 오빠!"

순아는 아까보다 작은 목소리로 말했다.

"우우!"

바로 그때였다. 어디에 숨어 있었는지 여남은 명의 계집애들이 산적처럼 소리를 지르며 내 곁으로 다가왔다. 요란하게 날라리 복장을 한 계집애들이었다.

"야, 순아는 좋겠다. 서울에도 애인이 있고 산골에도 애인[8]이 있어서."

"별로 마음에 없으면 나한테 넘기지. 나도 산골 소년을 사귀고 싶거든."

"우리 순아의 속을 썩이는 산골 소년이 바로 얘야?"

"순아가 그리 쫓아다녀도 개가 고양이를 본 듯이 만 듯이 하면서 요즘은 아랫마을 순덕이란 계집애와 바람까지 피운다면서. 그러면 안 되지. 그러면 섭섭하지. 순아가 서울에 대기업 회장의 아들까지 싫다고 하면서 산골 소년을 좋아하고 있는데 그러면 정말 안 되지. 그래서 우리가 아랫마을 순덕이를 만나 손을 좀 보고 지금 오는 길이거든. 순덕이가 산골 촌놈을 만나지 않겠다는 각서까지 써주었어."

하나같이 예쁘게 생긴 계집애들이었다. 그런데 말투와 건들거리는 폼이 어딘지 모르게 심상치가 않았다.

"댁들은 어디서 온 누구신지?"

"누구긴, 순아 친구라고 했잖아."

계집애들이 주먹으로 나를 툭툭 치면서 말했다.

"여기서 그럴 것이 아니라 저쪽 산소로 끌고 가자. 여기서 패다가 아줌마한테 들키면 곤란하니까."

계집애들이 산소9 쪽으로 나를 잡아끌었다.

"왜들 이러는 거야?"

"크게 다치고 싶지 않으면 조용히 따라와."

누가 뭐라고 하든 나는 엄연히 남자였다. 상대방을 한 방에 보낼 수 있는 주먹심을 지니고 있었다. 그럼에도 불구하고 나는 전의를 상실한 채 계집애들에게 둘러싸여 산소 쪽으로 질질 끌려가고 말았다.

"왜, 왜 이러는지 모르겠지만 말로 하지. 민주주의 사회에서 대화로 해결하지 못하는 것은 없잖아."

산소에 이르러 나는 가까스로 용기를 내어 말했다.

"물론 우리도 말로 하면 좋지. 우리도 사람 패는 거 싫어하거든. 알 만한 사람은 다 알지만 우리는 공부도 잘하고 학교에서 봉사활동도 잘하는 모범생들이야."

"내가 보기에는 질이 나쁜 깡패 같은데."

"모범생들을 화나게 하면 안 되지. 산골 촌놈이 왜 콧대가 센 거야? 서울에서도 알아주는 순아를 네가 뭔데 비참하게 만드는 거야, 엉?"

순아는 무슨 서러움이 그리도 많이 쌓여 있었는지 서럽게 울기 시작했다. 마치 순아의 엄마가 죽기라도 한 듯이 눈물을 뚝뚝 떨어뜨리며 엉엉 울었다. 그 소리를 듣자 그동안 내가 무슨 잘못을 했는지 생각해 보았다. 내가 잘못한 것은 별로 없지만 순아의 마음을 제대로 헤아려 주지 못했다는 생각이 들었다.

"순아에게 서울로 가라고 했다며?"

"그게 그러니까……."

"말로 해선 못 알아듣는 모양인데 손 좀 봐줘야겠어."

여자에게 맞기 위해 세상에 태어난 남자는 없을 것이다. 나 역시 여자에게 맞으리라고는 꿈에서도 생각지 못한 일이었다. 하지만 나는 이미 전의를 상실해 계집애들을 대적할 수 없었다. 남자 깡패를 보기는 했지만 여자 깡패는 처음이라서 다리가 후들후들 떨렸다. 여자 깡패가 더 무섭다는 말을 어디서 들은 기억이 나서 이러는 것 같았다.

사람을 많이 패본 경험이 있는 계집애들이었다. 나를 때리는 실력이 보통이 아니었다. 정신없이 얻어맞다 보니 이상하게도 정신이 좀 드는 느낌이었다. 누가 보는 사람이 없으니 창피할 것도 없었다. 하지만 남자로서 여자에게 맞는다는 것은 결코 있을 수 없는 일이었다. 이렇게 계집애들에게 맞고 나중에 무슨 낯으로 조상을 대할 수 있단 말인가.

"이것들이 감히 여기가 어디라고 까불고 있어. 원창고개 불곰을 몰라보는 거야?"

나는 소리를 지르며 벌떡 일어났다. 그 순간 예쁘장하게 생긴 계집애가 발로 나의 급소를 차는 바람에 잔디 위에 풀썩 주저앉고 말았다. 신음을 삼키며 이를 옥물었다.

"이제 그만해."

순아가 울먹이며 말했다.

"독한 놈이야. 죽도록 맞으면서도 잘못했다는 말을 안 하네."

"촌놈이 건방지게 우리 순아를 울리다니. 순아도 참 웃겨. 이런 녀석이 좋다고 야단이니."

"웅덕이 사진이 잘 나오려는지 모르겠네."

머리를 노랗게 염색한 계집애가 사진을 찍었다.

"이제 그만해."

순아의 말에 계집애들이 발길질을 멈추었다.

정말이지 기가 막힐 지경이었다. 고개를 들고 있기에는 나 자신이 너무 초라하고 한심하게 느껴졌다. 나는 산소 옆의 오동나무[10] 잎을 따서 얼굴을 가리고 죽은 듯이 앉아 있었다.

"우리한테 얻어맞은 게 창피한 모양이야. 나뭇잎으로 얼굴을 가리고 있는 모습이 신라나 고려 시대 산골 총각처럼 보이네. 사진 한 장 찍어줘야지."

사진을 찰칵찰칵 찍고 계집애들이 요란하게 웃어대었다.

순아 엄마의 재촉으로 순아가 서울로 가리라고는 예상했지만 이렇게 빨리 갈 줄은 생각지 못했다. 게다가 이런 식으로 순아와 헤어진다는 것은 정말 싫었다. 무슨 말이라도 하고 싶은데 이미 순아는 계집애들과 함께 가버린 뒤였다.

눈물이 펑펑 쏟아지기 시작했다. 참을 수 없는 서러움과 슬픔이 속에서 끊임없이 솟아올라 울음을 억제할 수 없었다. 얼마나 울었을까. 잔디 위에 방아깨비 한 마리가 앉아 내 모습을 지켜보고 있었다.

적으로부터 자신을 구하고 탈출하기 위해 방아깨비[11]는 스스로 다리를 잘라내는 버릇을 가지고 있었다. 곤충도 자신을 보호하는 방법을 알고 있는데, 도대체 나는 무엇이란 말인가. 순아와의 관계를 냉정하게 끊어내지 못하는 바람에 이런 개망신을 당하고 말았다. 계집애들에게 얻어터졌으니 나는 더 이상 남자라고 할 수가 없었다. 그렇다고 여자라고 할 수도 없었다. 나는 주먹을 불끈 쥐면서 벌떡 일어났다.

원창고개 불곰이 이렇게 당하고 꼬리를 내린다는 것은 결코 있을 수 없는 일이었다. 아무리 계집애들이 깡패라고 하지만 뱀을 보면 무서워할 것이다. 항아리에 있는 뱀으로 위협해 계집애들을 마당에 무릎 꿇린 다음 얼굴에 말벌의 독침을 먹여줄 생각이었다. 바위에 집을 지은 말벌이 있는 곳으로 걸음을 옮겼다. 나는 막대기로 말벌을 잡아 날개를 떼어내었다. 계집애들의 숫자만큼 열두 마리의 말벌을 잡아 주머니에 넣고 집으로 돌아왔다.

계집애들이 마당에 앉아 시끄럽게 떠들며 찰옥수수[12]를 먹고 있었다. 나는 계집애들의 눈에 띄지 않게 뒤란으로 살금살금 가서 항아리 합판을 들어보았다. 집게로 독이 없는 무자치를 집어내어 손으로 목을 움켜쥔 다음 주머니에 넣었다.

이런 식으로 계집애들에게 복수를 한다는 것은 남자로서 자존심이 상하는 일이었다. 하지만 어쩔 수 없었다. 열두 명의 계집애들을 상대하기에는 나 혼자 역부족이었다. 그렇다고 건방지고 못된 계집애들을 순순히 서울로 돌려보내고 싶지 않았다. 나는 안마당으로 들어서자마자 나를 가장 심하게 때린 계집애에게로 성큼성큼 다가가 멱살을 잡았다. 그러자 계집애들이 공격적인 자세를 취했다. 다행히 어머니는 밭으로 뭘 뜯으러 갔는지 눈에 띄지 않았다.

"이게 어디서 까불고 있어."

계집애가 얼굴에 힘을 주면서 말했다.

"맞고 싶지 않으면 삼 초 안에 이걸 놓지."

성깔이 만만찮은 계집애였다. 하지만 나는 이미 늦가을 독사처럼 독이 오를 대로 바짝 올라 계집애들이 하나도 무섭지 않았다. 내 주머니에는 뱀과 말벌이 들어 있어서 겁날 것이 전혀 없었다.

"잘못했다고 빌어봐. 그러면 봐줄 수 있어."

"우리가 누군지 알아?"

"질이 나쁜 깡패 계집애들이잖아."

"아무래도 안 되겠군. 얘들아, 촌놈이 더 맞고 싶단다. 가볍게 손을 좀 봐주거라."

계집애가 마치 장난하듯이 웃으며 말했다. 바로 그 순간에 나는 주머니에서 뱀을 꺼내 계집애 목 밑에 들이대었다.

"으으……이, 이게 뭐야?"

계집애가 금방 사색이 되어 죽어가는 목소리로 물었다.

"뭐긴 뭐야, 물리면 그냥 가는 뱀이지."

"이거 치우지 못해."

"내 성질 건드리면 넌 오늘 뱀에 물려 죽는 날이니까 꿇어."

"아, 알았어."

아무리 깡패 계집애라고 해도 뱀을 보더니 겁을 먹었다. 내 앞에 얼른 무릎을 꿇었다.

"너희들도 꿇어. 그렇지 않으면 이 계집애가 대표로 너희 대신 뱀에 물려 죽는 날이니까."

"웅딕아, 너 지금 무슨 짓을 하는 거야?"

순아가 기가 막힌다는 표정을 지으며 물었다.

"삼 초 안에 안 꿇으면 이 계집애는 가는 거야."

"어휴, 징그러워. 오늘 망신살이 뻗쳤네."

계집애들이 뱀을 보면서 무릎을 꿇었다. 순아는 무릎을 꿇지 않은 채 뭐라고 딱딱대다가 어머니를 부르러 밭으로 달려 나갔다.

"너희들이 원창고개 불곰을 때리다니. 크게 실수한 거야. 잘못했다고 빌어. 그러면 용서해 줄게."

"우리는 다만 친구를 위해 그랬을 뿐이거든. 무슨 감정이 있는 것은 아니었어."

나는 그 말을 한 계집애 얼굴에 뱀을 대었다.

"잘못했어. 으으, 잘못했어."

계집애가 몸을 부들부들 떨면서 말했다.

"잘못한 것을 알면 사과를 해야지."

"미안해."

"뭐, 미안해? 그 정도의 사과로는 안 되지."

나는 주머니에서 날개가 잘린 말벌을 꺼내 들었다. 그리고 내 급소를 찬 계집애 가까이 다가갔다.

"이게 말벌이야. 말벌 독침에 쏘이면 어떻게 되는지 모르지? 퉁퉁 부으면서 죽어. 잘못했다고 한 사람씩 말해봐. 그러면 말벌 독침을 먹여주지 않을 수도 있어."

"잘못했어."

계집애가 울먹이며 말했다.

"오빠, 잘못했어요. 이렇게 말해야지."

"오빠, 잘못했어요."

계집애들이 한 명씩 내게 그런 말을 하면서 자신의 잘못을 인정해 주었다. 뱀이 무서워 그런 말을 했든 말벌이 무서워 그런 말을 했든 사과의 말을 받은 건 틀림없는 사실이었다.

어느새 순아가 어머니를 모시고 헐레벌떡 안마당으로 들어섰다. 계집애들이 나를 보면서 오빠라고 하자 순아는 넋을 놓고 우두커니 서 있었다. 서울에서 아주 잘 나가는 친구들이 나한테 무릎을 꿇고 오빠라고 부르리라고는 상상도 하지 못한 모양이었다.

어머니도 내 모습을 보고 기가 막히는 모양이었다. "으휴, 그때 까마귀 고기를 먹이지 말았어야 했는데. 까마귀 고기를 먹고 애가 완전히 이상해졌어." 하면서 주먹으로 가슴을 쿵쿵 쳤다.

"오빠, 이제 그만해요. 너무 무서워요."

"오빠, 잘못했어요. 한 번만 봐주세요."

계집애들이 한 번만 봐달라며 싹싹 빌었다.

"이번 한 번만은 특별히 봐줄게. 앞으로 자주 원창고개에 놀러와. 내가 시골 중학교 남학생들을 다 소개해 줄 수도 있어."

"정말이야?"

"그럼, 정말이지. 그만 일어나 옥수수 먹어."

"우! 죽다 살아났네."

계집애들이 마당에서 일어나며 밝은 표정을 지었다.

"병신들아, 오빠는 무슨 오빠야. 내가 속이 터져."

순아가 주먹으로 가슴을 치면서 소리를 질렀다.

나는 뱀을 들고 느릿느릿 바깥마당으로 나오며 터져 나오는 웃음을 어금니로 지그시 눌렀다. 아저씨 밭에다 뱀을 휙 던지고 만일의 사태에 대비해 말벌은 주머니에 그대로 두었다.

계집애들에게 오빠 소리를 들었으니 어느 정도 자존심을 회복한 셈이었다. 이제 순아의 얼굴을 다시는 보고 싶지 않았다. 산속에 숨어 있다가 순아가 떠난 다음 집으로 내려올 생각이었다. 그때 뒤에서 누가 나를 잡아당겼다. 고개를 돌려 보니 순아였다.

순아가 내 품으로 안기며 서럽게 울음을 터뜨렸다. 친구들을 시켜 나를 죽도록 때려놓고 왜 우는지 나는 그 까닭을 알 수가 없었다. 아니면 친구들이 나를 오빠라고 불러 서럽게 우는 것일지 몰랐다. 헤어질 생각을 하니 순아가 그다지 밉게 느껴지지 않았다. 그동안 순아에게 잘해 주지 못한 것이 후회가 되었다.

"그동안 순아한테 잘해 주지 못해서 미안해. 서울에 가면 방학 때 가끔 놀러와."

나는 순아의 등을 뚜들기며 어른스럽게 말했다. 계집애들에게 죽도록 맞고 보니 왠지 철이 든 느낌이었다.

"많이 아팠지?"

"내가 주먹을 쓰면 계집애들이 크게 다칠 테니 차라리 얻어맞은 게 낫지, 뭐. 뱀을 가지고 약간의 복수는 했지만 이해해 주리라 믿어."

"내가 살살 때리라고 했는데 친구들이 막 때렸어."

"괜찮다고 했잖아."

"그런 박력은 어디서 나왔어?"

"무슨 박력?"

"어떻게 내 친구들을 단번에 제압하고 오빠 소리를 들었어?"

"오빠니까 오빠 소리를 듣지."

"내 친구들은 아무한테나 오빠 소리를 하지 않거든. 응딕이 정말 대단해. 내 친구들이 나보고 응딕이를 포기하고 자기네들한테 달라고 하잖아."

"나는 깡패 계집애들에게 관심 없어."

"친구들은 깡패들이 아니야. 모두 공부를 잘하는 모범생이야. 다만 어릴 때부터 운동을 해서 잘 싸우는 것뿐이지."

"나는 음악 선생님과 순덕이 이외의 여자들에게는 관심이 없어."

그 말에 금방 순아의 얼굴이 사납게 굳어지더니 씩씩거렸다.

"오늘 서울로 가는 거야?"

"오늘 가려고 했는데……."

순아가 말꼬리를 흐렸다.

"서울 가서 공부 잘하고 행복하게 잘 살아."

나는 남자답게 이별의 손을 내밀었다.

"마음이 변했어."

순아가 내 손을 뿌리치며 톡 쏘듯이 말했다.

"그건 또 무슨 소리야?"

나는 깜짝 놀란 표정을 지으며 물었다.

"여기서 고등학교까지 다니겠다고 엄마한테 전화했어."

"갑자기 왜 마음이 변한 거야?"

"내가 원창고개에 남아 있어야 할 이유는 많이 있어. 첫째는 할머니가 혼자 계시잖아."

"하긴 그건 그래."

"둘째는 웅덕이가 망가지지 않도록 감시도 해야 하고, 일등 자리를 다시 되찾아야 하고……."

그때 할머니가 윗집 바깥마당에서 순아를 불렀다.

"순아야, 저녁 먹어야지. 이년이 또 어딜 간 거야. 순아야, 저녁 먹어." 하고 악을 쓰면서 불렀다.

"웅덩이 간은 얼마큼 크길래 겁이 없어? 소년원에 들어가고 싶은 거야?"

"소년원?"

나는 소년원 소리를 듣자 덜컥 겁이 났다.

"너한테 당한 친구 중에 아빠가 검사인 애도 있어. 너 오늘 크게 실수한 거야. 너를 소년원에 집어넣겠다고 하는데 어쩔 거야? 소년원에 들어갈 거야, 아니면 잘못했다고 빌을 거야?"

"내가 뭘 잘못했다고 그러는 건지 모르겠네."

"뱀으로 내 친구들을 위협했잖아. 오빠 소리가 그토록 듣고 싶어서 소년원에 들어갈 짓을 하다니. 뱀과 말벌은 살인 무기야. 내 친구가 아빠한테 전화를 걸면 너는 살인미수범으로 체포될 거야. 너 때문에 창피해서 서울로 가긴 다 틀렸어. 며칠 후면 서울에 있는 신문에 대문짝만하게 실리겠지. 산골 소년이 열두 명의 서울 소녀들을 죽이려고 했다고 말이야."

순아가 형사처럼 내 손목을 꽉 잡았다.

"그러니까, 그게 살인 무기가 된다는 거지?"

"살인무기가 되고도 남지. 뱀에 물리면 죽잖아. 말벌에 쏘여도 죽을 수 있잖아. 그러니 내 친구들이 전화만 하면 넌 오늘 당장 체포되어 신문에 얼굴이 나고 인생 끝나는 거지, 뭐."

나는 얼른 주머니에 넣은 말벌을 꺼내 발로 짓밟아버렸다. 살인무기는 흔적을 없애버리는 것이 신상에 이로운 일이었다.

나이 많은 할머니든 새파랗게 젊은 소녀든 여자는 모두 여우라는 아버지의 말이 생각났다. 온몸이 으스스 떨렸다. 아무리 내가 똑똑해도 여우를 이길 수 없는 법이었다. 항상 조심하고 조심하는 것이 상책이었다.

"으휴!" 하고 나는 한숨을 쉬었다.

"모든 것은 나한테 달려 있어. 내가 친구들한테 봐달라고 하면 이번 한 번은 봐줄 수 있어. 하지만 내가 친구들한테 응딩이를 소년원에 집어넣으라고 하면 너는 오늘 안으로 체포되는 거야."

"내가 무슨 강간살해범이라도 되냐. 체포는 무슨 체포

야.”

“살인미수범으로 체포되고 싶지 않으면 가만히 있어.”

순아가 목소리를 높이며 말했다.

“살인미수범? 아, 알았어. 입 다물고 있을게.”

“으유, 바보같이 여자들한테 맞고 있어. 얼굴이 이게 뭐야.”

순아가 미리 준비해 두었는지 주머니에서 연고를 꺼내더니 내 얼굴에 정성껏 발라주었다. 그리고 뺨에 쩍 하고 입을 맞추는 것이 아닌가. 나는 당황해서 고개를 숙이고 얼굴을 붉혔다.

“이년이 어딜 간 거야. 순아야, 저녁 먹어!”

할머니가 다시 소리를 질렀다.

“알았어요. 곧 갈게요.” 하고 순아가 큰 소리로 대답했다.

“웅딕이가 나더러 서울로 가라고 하면 원창고개를 떠날 수 있어. 오늘 안으로 웅딕이가 체포되는 것을 보고 친구들과 함께 서울로 갈 수도 있어.”

“……”

나는 순아에게 뭐라고 해야 하는데 쉽게 말을 할 수가 없었다. 잘못 말했다간 살인미수범으로 몰릴 수 있기 때문이었다. 이러지도 못하고 저러지도 못한 채 나는 살인미수범으로 수갑을 찬 듯이 순아에게 손목이 잡혀 골짜기로 끌려갔다.

어른이 되려면 앞으로 얼마나 힘들고 괴로운 일을 겪어야 하는 것일까. 땅속에서 오랫동안 애벌레로 있다가 성충으로 변신하는 매미처럼 성숙한 남자가 되는 것은 결코 간단한 일이 아니었다. 어른들은 세월이 물처럼 빨리 흘러가 버린다고 하는데, 내 앞에 놓여 있는 시간은 느릿느릿 움직이고 있었다. 하루빨리 대학생이 되어 순아의 감시와 보호에서 벗어나기를 바랄 뿐이었다. 나는 청호반새[13]가 날아간 서울 쪽의 하늘을 바라보며 숨을 길게 몰아쉬었다.

《끝》

1_마음을 털어놓고 이야기를 나누다 보면 나쁜 감정이 풀리고 서로를 이해하게 된다. 산골 소년은 순아와 대화를 나누고 싶다. 서로를 이해할 수 있는 솔직한 대화를. 그런데 그게 잘 안 된다. 물과 불이 만나는 것처럼. 산골과 서울의 거리는 얼마나 먼 것일까. 산골 소년은 산골의 시각으로 사물을 본다. 서울의 시각으로 사물을 보는 순아는 산골 소년이 이상하게 보일 수 있다. 산골 소년은 그

런 순아를 이해하려고 노력한다.

2_순아의 방에는 제법 비싼 풍금(風琴)이 있다. 산골에서 지내기가 답답하고 지루하다면서 서울에서 가지고 온 것이다. 오르간 위에서 순아의 손가락이 움직일 때마다 베토벤, 모차르트의 음악이 살아 꿈틀댄다. 산골 소년은 가운뎃손가락으로 도, 레, 미, 파까지 풍금을 칠 수 있다. 두꺼비를 만지는 산골 소년의 손은 풍금을 울릴 수 없다. 그러나 순아가 모르는 것이 있다. 순아가 연주하는 모든 음악을 산골 소년이 다 알고 있다는 것을. 비록 처음 들어 보는 선율이라 해도 그것은 자연의 어떤 소리를 닮아 있다. 마음의 손이 풍금을 연주한다. 순아가 모르는 선율이 풍금에서 울려 나온다.

3_약속을 지키지 않으면 실없는 사람이 된다. 산골 소년은 까치에게 약속한 것이 있다. 까치둥지를 헐어 라면을 끓여 먹지 않기로. "형님, 약속을 꼭 지켜야 합니다. 또 내 집을 헐어 라면을 끓여 먹으면 나는 이사를 갈 거예요. 형님이 모르는 곳으로. 형님, 이사하는 것은 쉽지 않은 일입니다. 다른 마을에 가면 까치들이 텃세를 부려 정말 피곤하거든요. 그래도 원창고개 새들 중에서는 내가 왕이잖아요. 왕의 집을 헐어 라면을 끓여 드시면 내 체면이 뭐가 됩니까. 망신을 당해도 톡톡히 당했다니까요. 그 일로 인해 까마귀 녀석들이 나를 우습게 여기는 바람에 한바탕 전쟁까지 했잖아요. 형님,

무슨 일이 있더라도 약속은 지켜야 합니다."

4_거짓말에 색깔이 있는 것일까. 하얀 거짓말, 파란 거짓말, 노란 거
짓말.

5_두레박으로 물을 퍼 올려도 우물물은 마르지 않는다. 끊임없이 생
각을 내보내는 사람의 속마음은 우물처럼 깊어 끝이 보이지 않는
다. 알다가도 모를 것이 사람의 속마음이다. 산골 소년의 어머니,
윗집 할머니, 아랫집 아저씨, 순아의 속마음을 읽을 수 없다. 그러
나 산골 소년은 나무와 풀의 속마음을 볼 수가 있다. 푸나무의 꽃
과 열매가 그 속마음이다.

6_하나를 얻으면 열 개의 이익을 포기할 수 있는 말. 오빠는 그런 말
이 아닐까.

7_여름철 산골 소년의 어머니는 모깃소리에 잠이 들지 못한다. "그
깟 모깃소리에 잠을 잘 수 없다니. 모기가 싫어하는 풀을 몸에 바
르고 주무세요." 산골 소년이 말한다. "지저분하게 무슨 풀을 발
라. 모깃불을 피워." 밤마다 모깃불을 피우는 일은 성가시다. 모기
를 쫓기 위하여 쑥과 천궁으로 연기가 나게 피운다.

8_사랑하는 사람은 지금 어디에 있는 것일까. 보석처럼 빛나는 밤하
늘의 별을 보면서 산골 소년은 애인이란 말을 가슴에서 가만가만
꺼내 본다. 거친 세상에서 살아가는 동안 따스한 가슴으로 많은 사

람을 사랑하고 싶다. 그러나 사랑하는 여자, 그 여자는 단 한 명이
었으면 좋겠다고 생각하며 애인, 하고 말해 본다. 사랑하는 사람은
아직 어디에 있는지 모르지만, 지금 사랑하고 있고, 오랜 세월 전
부터 사랑하고 있었으며, 시간을 초월하여 사랑할 사람이다. 산골
소년은 방문을 열어놓고 밤하늘의 별을 보다가 잠이 든다. 꿈속에
서 어느 항성의 공주가 보낸 편지를 받는다.

9_죽은 사람은 무섭지 않다. 잔디가 곱게 깔린 산소는 산골 소년이
누워 쉴 수 있는 편안한 장소이다. 죽은 사람은 말이 없다. 윗집 할
머니 말에 의하면 산소 안에는 뼈만 있다고 한다. "죽은 사람의 영
혼은 천국 아니면 지옥에 가 있지. 지옥이 얼마나 무서운 곳인 줄
알아?" "알고 있어요." 산골 소년이 자신 있는 말투로 대답한다.
"개미귀신 집에 빠진 개미가 바로 지옥에 빠진 거예요." "그게 무
슨 소리야?" 윗집 할머니가 고개를 갸웃한다.

명주잠자리의 유충인 개미귀신은 모래밭에 깔때기 모양의 함정을
파 놓는다. 그 밑에 숨어 있다가 개미나 작은 곤충이 미끄러져 떨
어지면 잽싸게 잡아먹는다.

10_우리나라 특산으로 마을 부근에서 자라는 나무이다. 넓은 잎은
마주나며, 봄에 보랏빛 꽃이 핀다. 오동나무는 가볍고 질이 좋아
악기나 고급 가구 따위를 만드는 데 쓰인다. 옛날에는 딸을 낳으

면 시집보낼 때 사용하려고 오동나무를 심었다. 오동나무로 만든 토종벌 벌통은 가벼워서 어깨에 메고 산으로 다녀도 힘이 들지 않는다.

11_ 메뚜기과의 곤충. 머리는 끝이 뾰족하며 앞날개는 배보다 길고 뒷다리가 매우 길고 크다. 뒷다리 끝을 잡아 쥐면 방아를 찧듯 몸을 끄덕거린다. "방아를 쪄야 밥을 해먹지. 자, 방아를 찧자, 방아를. 그렇지, 잘도 찧는구나." 산골 소년이 방아깨비 뒷다리를 잡

고 방아를 찧는다. 방아를 찧을 때마다 쌀이 나오고 떡이 만들어진다. 산골 소년이 방아깨비 뒷다리를 잡고 방아를 찧는 걸 옆에서 지켜보는 순아가 한마디 한다. "땅부터 시작해 하늘의 별까지, 곤충이며 나무며 풀까지 다 옹딕이 친구구나. 도대체 옹딕이 친구 아닌 것은 무엇이야?"

12_ 해마다 겨울이 되면 조리텃골에 반가운 아저씨가 온다. 아저씨는 곡식을 튀기는 기계를 가지고 온다. 기계 안에 찰옥수수를 넣고

열을 가한다. 뻥, 하고 터질 때 손으로 귀를 막는다. 기계 안의 찰옥수수가 부풀어 터지면서 자루 안에 가득 담긴다. 마치 꿈이 이루어지듯. 찰옥수수는 눈과 입을 즐겁게 해준다. 꿈과 소원이 뻥, 뻥, 크고 아름답게 이루어졌으면 좋겠다.

13_ 청조(靑鳥)가 날아오르면 푸른 하늘은 더욱 푸르고, 그 푸른 새는 어디에도 보이지 않는다.

청호반새

초판 1쇄 발행일 ㅣ 2008년 7월 30일

지은이 ㅣ 이문일
펴낸이 ㅣ 박영희
표   지 ㅣ 정지영
편   집 ㅣ 정지영·허선주
펴낸곳 ㅣ 도서출판 어문학사
　　　　132-891 서울특별시 도봉구 쌍문동 525-13
　　　　전화: 02-998-0094 / 팩스: 02-998-2268
　　　　홈페이지: www.amhbook.com
　　　　e-mail: am@amhbook.com
　　　　등록: 2004년 4월 6일 제7-276호

ISBN 978-89-6184-052-1 03810
정   가 ㅣ 10,000원
※ 잘못 만들어진 책은 교환해 드립니다.